意林 心励志

再稍微坚持一下

《意林》图书部　编

山东人民出版社·济南
国家一级出版社　全国百佳图书出版单位

图书在版编目（CIP）数据

再稍微坚持一下 /《意林》图书部编. -- 济南：山东人民出版社，2025.4.--（意林心励志）. -- ISBN 978-7-209-15667-7

Ⅰ. I14

中国国家版本馆CIP数据核字第2025ZH9003号

再稍微坚持一下
ZAI SHAOWEI JIANCHI YI XIA
《意林》图书部　编

主管单位　山东出版传媒股份有限公司
出版发行　山东人民出版社
出 版 人　胡长青
社　　址　济南市市中区舜耕路517号
邮　　编　250003
电　　话　总编室（0531）82098914
　　　　　市场部（0531）82098027
网　　址　http://www.sd-book.com.cn
印　　装　北京瑞禾彩色印刷有限公司
经　　销　新华书店

规　　格　16开（185mm×260mm）
印　　张　8
字　　数　160千字
版　　次　2025年4月第1版
印　　次　2025年4月第1次
ISBN　978-7-209-15667-7
定　　价　35.00元

启　事

本书编选时参阅了部分报刊和著作，我们未能与部分作品的文字作者、漫画作者以及插画作者取得联系，在此深表歉意。请各位作者见到本书后及时与我们联系，以便按国家相关规定支付稿酬及赠送样书。为更加适合小读者阅读，本书对部分文章做了适当修改。

地址：北京市朝阳区南磨房路37号华腾北搪商务大厦1501室《意林》图书部（100022）
电话：18501931246

目录

CONTENTS

第一章

放弃不难，但坚持很酷

感到困难时，
请比别人坚持得久一些。

第二章

每天学习一点，了解世界多一点

日日行，不怕千万里；
时时做，不惧千万事。

第三章

坚持一万小时，成为“小专家”

怕什么真理无穷，
进一寸有进一寸的欢喜。

第四章

我靠坚持迎万难，也赢万难

我知行路难，
可我仍赴一重山水一重关。

第一章 放弃不难，但坚持很酷

感到困难时，

请比别人坚持得久一些。

买了字帖，练习几天就搁置了

打卡英语单词，三天打鱼，两天晒网

学舞蹈，怕“开腿疼”，索性放弃了

作业写到一半，注意力就转移了

为什么不能再坚持一下

为什么每次都中途放弃

遇到困难，只会逃避、退缩

做事总是“三分钟热度”

……

画重点

别总是半途而废

少年自当怀揣着梦想

把“三分钟热度”

变成十年磨一剑的坚持

既然选择了，就要坚持不懈，总会有一些改变见证我们的努力。

由问题引发的思考

□王子俊

小时候和朋友嬉戏时，我经常因为跑得太快而不停地咳嗽。为此，奶奶经常嘱咐我多喝热水，还特地为我准备了保温杯。喝水时，我发现了一个问题：瓶盖上没有弹簧，为什么一按按钮，瓶盖就弹开了呢？

我问奶奶这个瓶盖为什么会弹开。奶奶在忙，没有理会我。我找来各种盖子仔细观察：箱子的盖子要动手才能翻开；爷爷的玻璃杯盖要顺着一圈一圈的纹路才能拧开；奶奶的保温杯按一下按钮也能打开，那是因为她的杯盖上装着一个弹簧；转动门把手，才能打开门……在家里找了大半圈，我仍然没有找到答案。

我沮丧地坐在椅子上看着杯子，一下又一下地拨弄着保温杯杯盖下的橡胶吸管。吸管先是被压弯，松手后又弹回来，恢复到原来的样子。我很惊喜，感觉离真相不远了。我试着把盖子轻轻合上，只留下一条小缝。一松手，盖子又被弹回来了。我高兴得如获至宝：原来是因为橡胶吸管具有一定的弹力，会弹起杯盖。这就是杯盖能弹开的奥秘。

还有一次，我发现：按一下圆珠笔的按钮，笔头就会弹出；再按一下按钮，笔头就会缩回。这是因为笔芯尾端有许多凹槽，长短交替排列，按下按钮时，短凹槽会卡住按钮，顺势推出笔头；再按一下按钮，它会脱离短凹槽，被弹簧推进长凹槽中，笔头随之缩回。

这些问题的答案是我在小时候发现的，让我感觉很有成就感。那时，我遇到过很多类似盖子和笔的问题，都被我一一找到真相。而现在遇到问题时，我要么上网搜索资料，要么干脆不思考，远远没有小时候那么好学、好问。然而，思考和学习是相辅相成的，不思考，又怎么能学得好呢？科技进步的目的是帮助人类，而不是替代人类。许多事都需要自己动手、动脑，不依赖外界，才能更上一层楼。当我们遇到难题时，或许应该认真思考，而不是一味上网查找答案。

我真该向小时候的自己学习，做回那时的自己。

顽强的毅力可以征服世界上任何一座高峰。

突破自己

□赵政芳

“蓝脸的窦尔敦盗御马，红脸的关公战长沙。”清脆悦耳的声音从音乐教室里传来，我不由自主地停下脚步观望，朝室内微微倾身，只一眼，便愣住了。

是她！只见她身穿戏服，在对着镜子独自练习。她的水平何时已经如此高超？

一曲毕，我情不自禁地为她鼓掌。她一愣，随即转过身，高高兴兴地向我报喜：“我终于成功了！”她的喜悦溢于言表。她一步一步突破自己，最终取得成功。作为见证人，她的努力我看在眼里。如今的她技法高超，获得了老师和同学们的认可。可谁能想到，一年前她还是一个毫无节奏感的人。

“蓝脸的窦尔敦，盗……盗……”“哈哈！”一年前的音乐课上，她首次登台表演，凌乱的节奏、失准的高音引来全班同学的嘲笑。她的脸涨得通红。午后的阳光照进教室，刺痛了她的眼睛，伴奏声优美而动听，却一声一声击碎了她的心。

她曾告诉我，音阶练习和节奏练习都异常枯燥，但坚持三个月后，她奇迹般地找到了音准，掌握了节奏。可新的打击再次降临：音乐老师说她的声音生硬无力，她毫无音乐天赋。她知道，必须向自己向往的世界再次出发。

真正的歌唱要从气息开始，练习不能一蹴而就。一有空闲，她就对着墙练习“蜘蛛吐丝”。老师说过，唱歌时要“以气带声，以情带声”。一开始，她毫无头绪，完全没有方向，但随着时光一点点过去，有一天，她突然开窍了。她向我倾诉自己的感受，似乎明白了老师所传授的“对抗式”方法的效果。她的脸上流露出坚毅的神情。那一刻，我知道那个属于她的时刻不远了，她终于在自己的世界里破茧成蝶。

“蓝脸的窦尔敦盗御马，红脸的关公战长沙……”一年后，同样在音乐课上，在午后的阳光中，优美的琴声为她伴奏，她收获了同学的惊叹和老师的认可，她成功了。

希望你继续突破自己，“百尺竿头，更进一步”。

时间会淘汰很多中途放弃的人，坚持到最后的就是胜利者。

在黑白键上迈步前行

□杨诗影

渴望长大的念头，在我学习钢琴几年后变得尤为强烈。

初学琴时，每当我学会弹奏一首简单的曲子，心里都有一种满满的成就感。我甚至梦想自己长大后像巴赫、贝多芬一样，成为一名伟大的钢琴家。

然而，随着学习的难度增加，我的学琴速度开始变慢，心里愈加沮丧焦躁。遇到难弹的部分，我甚至怀疑：难道自己不适合学琴？

那段时间，我多么希望自己快快长大。只要长大了，就可以不用按大人的安排学琴——是的，面对挫折，我全然忘记了自己对音乐的兴趣和热爱。

有一次，我偶然翻到了自己最开始学琴时录的视频。视频中，老师对我说：“不要害怕，钢琴没那么难，只要找准了中央的C键，美妙的音乐就在你的手指下。”

中央C键？我突然如梦初醒，这是我练琴的起点键。那时，我虽然学得慢，但是充满兴趣，从中央C键起步，一步一个脚印，极为扎实。然而，随着学会的曲目越来越多，我反而变得有些浮躁，将时间花在拍摄弹奏视频上，而不再专注于学习经典曲目。学习如逆水行舟，不进则退，我这种学习态度又怎能练好琴呢？

林肯曾说过：“我走得很慢，但我从不后退。”自此以后，我端正了学琴的态度。每学习一首曲子，我都会找来最经典的演奏版本反复聆听，去感悟音乐中的情感，去感受演奏家的节奏。练习曲子时，我也不再急于求成，而是沉下心，反复练习每一个自己不熟练的曲段。在持续努力下，我的弹奏水平不仅得到很大提升，学习速度也比之前快了许多。

曾经的我总想着快点长大，如今我却希望时间过得慢一点，这样我的每一步就可以走得更扎实、更坚定，让我记住自己为何出发。

我想，这就是成长吧！

越艰难，越笃定。越过山丘，必将邂逅美好。

为爱种一片森林

□沉　石

在法国南部一个小镇上，有一位名叫希克力的男孩。在他16岁那年，与他相依为命的父亲不幸患上了一种罕见的肺病。希克力陪父亲辗转各大医院，医生们都束手无策，只是建议说：“如果病人能生活在空气新鲜的大森林里，改善呼吸环境，或许有一线生机。”但这到底有多少希望，他们也不清楚。

遗憾的是，父亲的身体已经非常虚弱，无法进行长途旅行，去有森林的地方生活。看着父亲的病情越来越重，希克力心急如焚。突然，他灵机一动：我为什么不自己种树呢？等这些树长大了，也许父亲的病就真的好起来了。

父亲听说儿子要为自己种树后非常感动，但他明白这并非易事，他苦笑着对希克力说：“我们这里缺少水源，气候干燥，土壤贫瘠，让一棵树存活谈何容易？还是算了吧！”但希克力还是暗暗下定决心，一定要在自家门前种出一片茂密的树林，因为这是让父亲的生命得以延续的唯一方法。

从此，希克力攒下父亲给他的所有零花钱，有时连早餐都舍不得吃，周末还会到镇上去卖报纸。攒了一些钱后，希克力乘车到200多英里外的地方去买树苗。卖树苗的老板劝他不要做无用功，因为小镇的自然条件恶劣，树木很难成活。可是当得知希克力是为了拯救父亲的生命时，老板被深深地感动了。此后，老板卖给希克力的树苗常常只收半价，有时还会送给他一些容易成活的树苗，并教他一些有关栽培的知识。

希克力在自家门前挖坑栽培，吃力地提着一桶桶水灌溉树苗。由于当地干旱少雨，土壤缺乏养分，大部分树苗种下后很快就枯死了。镇上很多人都劝希克力放弃这个“愚蠢”的想法，但他总是一笑置之。每天早晨，希克力起床后的第一件事，就是去看看树苗有没有枯死，长高了多少。一年过去，他最初栽下的100多株树苗，成活了43株。

为了照顾父亲，希克力主动放弃了上大学的机会。有人说希克力神经错乱，有人说他太迂腐，没人相信这些小树苗能够治愈一个连医生都治不好的病人。希克力从不把这些流言蜚语放在心上，只是一如既往地种着树苗。

一年又一年过去了，希克力种的树苗越来越多，许多树苗已渐渐长高。希克力经常搀扶着父亲去树林中散步，老人的面色渐渐红润，咳嗽也比以前少多了，体质明显增强。

此时，再也没有人讥笑希克力是疯子了，因为所有居民都目睹了绿色树木的魔力。

希克力种树拯救父亲生命的故事在电视台播出后，不少媒体纷纷转播。希克力既孝顺，又有爱心，他挑战自然的勇气以及不屈不挠的精神，使人们感动得热泪盈眶。一些绝症患者还向希克力索要树叶，说那是象征着生命的绿色。

小镇上的人也纷纷加入种树的行列中，树木越来越多，面积扩大到了数百公顷，放眼望去，小镇四周都是绿色的屏障。

后来，希克力被巴黎《时尚之都》杂志评为法国最健康、最孝顺的男人。更令希克力欣喜的是，医学专家再次为希克力的父亲诊治时，发现老人肺部的病灶竟不可思议地消失了，他的肺部同正常人的一样。

医生感慨地说：“在这个世界上，爱是最神奇的力量，有时它比任何先进的医疗手段都有效！”

是啊，只要心中有爱，无论在多么贫瘠的土壤里，都能长出粗壮的树木。

奇迹从不从天而降，它只在坚持的土壤里生根发芽。

“向未来求援”，我要救回我的狗

□蒋济泽

在电子游戏《我的世界》里，玩家可以驯服狼，使它变成狗。不管你走多远，这只狗都不会因“区块刷新”而消失。也就是说，除非“死”了，否则这只狗能够在你的游戏中永远存在。但在时刻充满各种危险的游戏中，玩家们并不能保证自己宠物的安全。

我的朋友大壮，他有个朋友叫小帅，小帅是个游戏玩家。由于他在现实生活中没有养任何宠物，所以游戏里的狗，成了他唯一的宠物。

有一次，他正在游戏中带着这只狗爬山，但他的“饥饿值”快掉光了，于是他“吃”了一块“羊排”。正吃着，他一回头，发现狗正站在悬崖边上。他赶紧上前，想把狗召唤回来。但狗一看主人也在往自己的方向走，想都没想就继续向前，结果失足掉了下去。还好小帅眼疾手快，按了退出键，让游戏停在了那一瞬间。

小帅玩了3年的游戏就这么被“封印”了，谁也不知道他什么时候能够解封这个存档。唯一能确定的是，小帅永远不会放弃他的小狗。

他把存档复制了5份，放在5个不同的空U盘里，这些U盘也被放在5个不同的地方——“向未来求援”计划开始了。

他在网上描述这个计划并发出求助，凭着自己按退出键前最后一刻的记忆，模拟了无数次当时的场景，精细到盔甲和武器的耐久度，以及自己当时带了什么物

品……但在将近5年的时间里，他在网上得到的回应和种种迹象都表明，通过现有的游戏设置和技巧，不可能救下他的狗。

小帅绝望地把游戏内的存档移了出来，存到了D盘。他发誓在找到解决办法之前，自己决不碰它。

2023年，《我的世界》又更新了。小帅和他的朋友发现，在新的游戏版本里，玩家只要在一秒钟内完成7次方块的置换，游戏中的“巨型丛林”就会长出“藤蔓”，掉下悬崖的小狗就会落在“藤蔓”上，免除摔落伤害，也就不会“死”。

建造“巨型丛林”需要4棵“树苗”，“树苗”还需要用“骨粉”催熟，才能快速长成。但最大的技术问题是，要在一秒钟内置换方块7次，而且在最坏的情况下，可能还要多置换一次。小帅和他的朋友通过不断研究，终于发现利用新版本中的游戏漏洞，理论上刚好可以完成这项极难的任务。然而，理论上的问题解决了，接下来的实际操作却极其困难。因为根据他们的计算，小帅需要在一秒钟内按11次鼠标，并且是左右键交替按动，这几乎是不可能完成的。

但是，小帅为了他的小狗，选择了超越极限。“只要理论上可行，实际操作就一定可以成功”，因为我们作为游戏的操作者，要有无限的时间去实现理论，去实验，去模拟。

可喜可贺的是，小帅几乎没有花多少时间就熟练掌握了这项技术。

终于等到在真正的游戏存档里救狗的时刻了。小帅知道，他在这之前可以模拟、失败无数次，但这一次他绝对不能失误。如果失误了，不仅之前的努力全都白费，他的狗也永远回不来了。

小帅郑重地点了“回到游戏”，接着行云流水地完成了操作……他成功了！他救回了他的狗。在14岁的时候，他完成了历时5年的“向未来求援”计划。

每完成一件事，就对自己表达肯定；每收获一点起色，就对自己大声赞美。

追铁环的少年

□丹蓉flower

当儿子苍苍从柜子里掏出铁环和推杆时，我就知道学校又要开运动会了。

不知道底细的人一定觉得苍苍是滚铁环的高手。真实情况是，他滚铁环的成绩一路下滑至几乎垫底。按照这个递减规律，我怀疑他这次连参加决赛的资格都没有。但他自信满满地说，全班就数他最有经验，一副舍我其谁的模样。

晚上9点，苍苍邀请我旁观他的首次训练。温柔的秋风徐徐吹来，整个小区弥漫着桂花的香气。苍苍穿着他的“战袍”，不紧不慢地做起了热身运动。他依次放松手腕、膝盖和脚踝，十几次开合跳后，他的鼻头渗出了汗珠。

苍苍摆好标志桶，向我解释着校运会的规则，我下意识地问：“得了冠军有什么用？”他撇撇嘴，嘟囔道：“很好玩啊！”苍苍弯腰准备，左手扶住铁环，右手拿推杆钩住。出发时，他手部轻轻施力，铁环便晃悠悠地立起来，变成一个银色的光圈在路上飞驰。

望着苍苍追逐铁环的身影，我想起他3年前提出参加“滚铁环”比赛时的场景。当他兴冲冲地展示这项传统技能时，我和丈夫面面相觑：“这算什么运动？”我翻阅过中考体育特长生的招考文件，有篮球、足球、游泳等大众运动。而苍苍13岁时，身高已经超过了1.75米，体育老师称赞他“手长脚长，一看就是打篮球的好苗子”。考虑到未来能多条“备选”之路，我倾向于让他在运动会上报名参加篮球比赛，集训一段时间后，如果成绩好，就可以参加市级比赛。所以，当他提出要去滚铁环时，我心里一百个不愿意，认为花时间训练这个等于打水漂。他却不赞成：“我又不喜欢打篮球，讨厌和人冲撞。”我给出一个折中的方案：“要不报名健美操？”这也是文件里明文规定的体育项目。他抗议，我却态度坚决。

于是，我强行给苍苍报名参加了篮球比赛。每次训练完回到家，他都唉声叹气，不是说自己基础薄弱，就是抱怨自己不如别人灵巧。最后，丈夫出来打圆场：“做不喜欢的事情实在痛苦，就像大学选错专业，一辈子意难平。”苍苍听后，兴奋地抱着铁环原地转圈，一扫之前的萎靡。

“啊啊啊，铁环跑了！”此刻，苍苍的惊叫声瞬间把我从回忆中拉回，铁环脱钩，一下子冲进茂密的草丛，不见了踪影。我双手捂脸，心想这孩子光有兴趣，却没多少天赋。但这话始终没说出口，滚铁环时孩子亮晶晶的眼睛和发自肺腑的笑容，让我真切地感受到他纯粹的热爱，不忍破坏。

10天后，苍苍在滚铁环比赛中勇夺冠军，打破了保持5年的校纪录。听到这个消息，我激动地抱住他，为一个“芝麻奖”而眼眶湿润，心里嘲笑自己也太没出息了。他从小学习一般，又没有特长，然而通过这段时间的努力，我看见一个少年的暴风成长——他无惧失败，只为热爱拼尽全力。

苍苍递给我一份材料，是学校“月度之星”的申请表，先进事迹一栏里夸张地描述着他在运动会中的精彩表现，但因为项目冷门，没能被拍到一张照片。我刚想问“这奖能加分吗”，又咽了回去，因为快乐才是最大的回馈。

快乐读书吧

孔子韦编三绝

孔子一生都勤奋学习，到了晚年，他特别喜欢《易经》。《易经》是很难读懂的，学起来很吃力，可孔子不怕吃苦，反复诵读，一直到弄懂为止。因为孔子所处的时代，还没有发明纸张，文字是写在竹简或木简上的，把许多竹简用皮条编穿在一起，才成为一册书，所以非常笨重。由于孔子刻苦学习，勤展书简，次数太多了，竟使皮条断了三次。后来，人们便创造出了“韦编三绝”这个成语，以传诵孔子勤奋好学的精神。

这世上从没有直达顶峰的天梯，
任何卓越都有迹可循。

用力哭，不如用力跑

口卜　一

黑暗的角落里，少年一边号啕大哭，一边说道：“我想跑得快点……我已经很努力了……”他的妈妈蹲在一旁，没有上前拥抱，没有轻言安慰，而是看着他的眼睛，无比坚定地说：“用力哭，不如用力跑。”他听懂了妈妈的意思，情绪稳定了些，随即同样坚定地点了点头。

这是电影《妈妈的神奇小子》中的一幕。

片中，少年苏桦伟是残疾人，但在妈妈的鼓励下，他一步步走上了残奥会的领奖台。

逆流而上，绝处也可逢生

苏桦伟是不幸的。他一出生就患有严重的黄疸病，导致脑痉挛和听力受损。由于没有学校愿意接收他，所以他妈妈去工厂上班时也带着他。

一次，苏桦伟不见了，妈妈好不容易才找到他。找到他后，妈妈狠心地把儿子放在传送带上，传送带后面是密集的齿轮，如果被卷进去，将必死无疑。她想以此来刺激儿子，可儿子坐在传送带上，一脸茫然地望着她。

眼看儿子就要掉下去，妈妈连忙按下了停止按钮。也许是上天的眷顾，下一秒，奇迹竟然发生了。小小的苏桦伟双手扶着栏杆，颤颤巍巍地站了起来，还踉踉跄跄地迈出了步子。

妈妈欣喜万分。她知道，自己的儿子有救了。

为了让儿子跟同龄的孩子一样，她坚持训练儿子走路。果然，一段时间后，苏桦伟学会了走路。长期锻炼不仅增强了苏桦伟的体质，还给妈妈带来了更大的惊喜。

一次，苏桦伟在楼道里玩，被几个孩子欺负了。他急中生智，趁别人没留神撒腿就跑，其他孩子一齐喊叫着追赶他。正在做饭的妈妈闻声出来，惊讶地看到儿子遥遥领先。她挥舞着手中的锅铲，激动地冲着儿子大喊："跑快点！"

希望总是在不经意间出现，正是这一跑，让妈妈的心态有了转变。既然所有人都不把她的儿子当作普通人，那么她一定要让自己的儿子成为一个不普通的人。

在报名加入残疾人田径队被拒后，她和儿子路过田径场，一些残疾运动员恰好在跑步，苏桦伟不自觉地也跟着跑了起来。让人意外的是，他比很多专业运动员跑得还快。

教练注意到了这个天赋异禀的小伙子，便邀请他加入了残疾人田径队。从此，苏桦伟正式成为一名专业运动员。

进取的人生，总能实现逆袭

有人曾说："奥运会是创造英雄的地方，残奥会则是英雄聚首的地方。"

身残志坚的运动员们，能出现在残奥会的赛场上，甚至登上领奖台，其中的艰辛，只有他们自己知道。

苏桦伟把过去遭受的敌意当成自己进步的动力，最后又把它们变成了无上的荣耀。他战绩赫赫，连续参加了4届残奥会，拿下6枚残奥会田径金牌，还是多项世界纪录的保持者。

从一个无法正常行走的残障儿童，到成为为国争光的奥运冠军，苏桦伟成长了很多。对于自己多年来的坚持，他道出了实情："我知道我起步慢，但这就是为什么我一直要去追、去冲的原因，跟我的命一样，我就是要从后面追上来。"

其实，这部感人至深的电影改编自残奥冠军苏桦伟的真实经历。影片的结尾，主题曲《神奇之路》响起的时候，残奥会的真实录播和电影画面交替出现。一个妈妈，一个儿子，为爱而生，所向披靡，共同创造了奇迹。

在遇到种种困境时，现实中的苏桦伟也是听从了妈妈的建议，没有"用力哭"，而是"用力跑"，最终实现了逆袭。

生活起起落落，苏桦伟仿佛拥有打败命运的力量，终于成为自己人生的"神奇小子"！

我荒废了时间，时间便把我荒废了。

20英里法则

□洞见muye

村上春树有一个习惯，每天写4000字——400字一页的方格纸，每天写满10页，完成任务就不写了。不管有任何突发情况，他都会坚持把任务完成，绝不多写，也不少写。这个习惯坚持了数十年，村上春树也因此稳定输出作品，成为持续多年的畅销书作家。

从美国西海岸的圣迭戈到东北部的缅因州，这段约3000英里的路程，地貌复杂，气候恶劣。心理学家吉姆·柯林斯做了一个实验，让3组人走完这3000英里。第一组，天气好的时候走40～50英里，天气不好就一英里也不走。第二组，计划每天走40～60英里，两个月走完全程。第三组，每天不管天气好坏，只走20英里。很多人以为前面两组会率先抵达终点，没想到结果竟是第三组人在5个月后首先到达终点。

吉姆·柯林斯调查后发现：第一组很容易受到天气的影响，为了偷懒，他们会降低坏天气的标准，给自己找各种借口；第二组一开始很有信心，但急于求成，后来渐渐松懈下来，便失去了斗志；而第三组，因为有明确的规划，并严格执行，最终率先到达终点。

于是，吉姆·柯林斯得出一个结论：做一件事情时，若你有正确的规划、强大的执行力和极度的自律，便无往不胜。这就是“20英里法则”的由来。

生活中，很多人总会信誓旦旦立下目标：一年要读100本书，结果每个月连两本书都读不完，最后不得不放弃；要瘦20斤，结果跑步健身两周后，终究没有抵挡住美食的诱惑；要学习一项技能，过了没几天，又嫌时间太紧张，坚持不下来。《微习惯》的作者斯蒂芬·盖斯曾说过：“摆脱高期待值的心理压力，从每天一些微小的、没有负担的积极行为开始。”

人生目标，不要设定得太大、太多，如果坚持不下来，跟原地踏步没什么区别。那些看似目标渺小但每天坚持进步一点的人，最后往往都取得了不俗的成绩。

解决问题的秘诀，不在于力量大小，而在于精准找到突破口。

“小不点”降服“小不点”

□赵盛基

速生槐叶萍，因叶子形似槐树的羽状叶而得名。它是小型水生漂浮蕨类植物，无根，三叶轮生，上面的两片叶子浮于水面，叶子长0.8~1.4厘米，宽0.5~0.8厘米。别小看这个小巧可爱的“小不点”，它的能量和危害可大着呢，许多国家和地区都曾深受其害，最悲惨的当数巴布亚新几内亚。

20世纪70年代初，水族馆里供人观赏的速生槐叶萍被带到了塞皮克河。它的生长速度飞快，很快就覆盖了500公里的水域。

它们的泛滥，把所有原有植物压在了下面。原有植物慢慢腐烂，在河面上形成了1米多厚的“漂浮垫”。如此一来，极度缺氧导致水下生物死亡；河道堵塞，造成了独木舟无法通行，而乘坐独木舟出行是这个地区主要的交通方式；更让人痛苦的是，它们还塞满了灌溉渠，堵住了排水管道、水泵，中断了水源和粮道，人们的生活受到了致命威胁。

人们想了许多办法，比如喷洒除草剂、用网捞、用机器粉碎等，但是都没有阻挡住速生槐叶萍的肆虐。万般无奈之下，沿河两岸的一些村庄被遗弃了，8万多人逃离了家园。

有专家提出，物理和化学治理方法都不奏效，那就采用生物方法。于是，他们从速生槐叶萍的原产地引进了一种昆虫——槐叶萍象甲。

槐叶萍象甲，身长只有0.2厘米，虽然也是“小不点”，却是速生槐叶萍的克星。因为它们对速生槐叶萍情有独钟，只吃速生槐叶萍。

槐叶萍象甲的到来，终于把速生槐叶萍控制住了，河流恢复了平静，人们也恢复了正常生活。此后，仍有少量的速生槐叶萍和槐叶萍象甲生活在这里，但由于相互制约，再也没有出现大规模泛滥。

“小不点”降服了“小不点”。看来，解决问题并不需要多大的声势，而是要找到适合的方法。

请别心急，时间从不会辜负努力。

十岁能做什么

□舒辉波

十岁的时候，我已经放了三年牛，念了三年书，捅过马蜂窝，抓过蛇和老鼠了……

我七岁读学前班，八岁读一年级，第一次考试得了五十六分，比表弟整整多了三十分，所以并不觉得差。当时我根本不知道考试是怎么回事儿。

没有谁告诉过我什么是考试。

我对放牛和捅马蜂窝等比较有经验，当然，牛如果吃了庄稼，回家我是要挨打的；如果被马蜂蜇了，脸会肿起来，眼睛变成一条线，整个世界都会变得怪怪的；打蛇一是因为害怕，二是因为它吃青蛙，而青蛙是庄稼的好朋友；抓老鼠是在五六岁的时候，那时我还不知道害怕。

如果能够穿越时光，我想告诉十岁的我一些非常重要的事情。甚至，我因此还非常认真地回忆过，在我童年的经历中，是否有一个陌生人告诉过我一些关于未来的事情，而这个陌生人，正是三十年后的自己。但是没有，也许有过，只是我忘了。

所以，如果你遇见了未来的自己，他和你说了一些莫名其妙的话，那么，你千万不要像我一样忘记。

如果没有，那么我替未来的你，和你说一些莫名其妙的话。

第一，不要怕。从怕黑、怕毛毛虫，到怕爸爸妈妈不要你；从怕老师、怕陌生人，到怕考试考不好……你问问自己，还有多少害怕？然后，你再想一想：你有哪些曾经很害怕，现在却不怕了的事情？比如第一次一个人睡觉，第一次一个人买东西，第一次离开父母去上学……现在，你还怕吗？我发现你笑了，你当然不怕了。可是，你又有了新的害怕，是不是这样？坦诚地告诉你，我现在也会害怕。每个年龄阶段，都会有这个年龄阶段害怕的事情。与其一直这样怕下去，还不如从现在就变得勇敢起来。

第二，一个人。你现在想一想：哪些事情是你一个人完成的？请不要告诉我是看电视。我之所以强调一个人，是因为长大是你自己的事情，未来你要独自面对一切；还因为只有意识到自我，才开始形成自我、建设自我、长成自我。我们的生命有几个十岁？八个？十个？十二个都不觉得多。当你意识到生命实在有限的时候，你就应该考虑如何度过。

第三，学会笑。不管是太累，还是太难，都不妨笑一笑，你会因此增加一些面对困难的勇气。微笑还有很多好处，我不想一次全部告诉你。不信？你从此刻开始学习微笑，并把微笑带给你的好处记下来，你会发现，本子不够用。

快乐读书吧

嚼辣椒驱寒的文学家

鲁迅先生从小就认真学习。少年时，他在江南水师学堂读书，第一学期成绩优异，学校奖励了他一枚金质奖章。他立即拿到南京鼓楼街头卖掉，然后买了几本书，又买了一串红辣椒。每当晚上读书寒冷难耐时，他便摘下一枚辣椒，放在嘴里嚼着，直辣得额头冒汗。他就用这种办法驱寒，坚持读书。大家都知道，因为刻苦读书，鲁迅后来成为我国近代著名的文学家。

人生是一场旷日持久的博弈，平日里迈出的跬步，终究会汇成千里之路。

可怕的“杀时间”

□甘正气

钱锺书写到方鸿渐初为人师，发现要充实饱满地上完一堂课并不是那么轻而易举，“自以为预备的材料很充分，到上课才发现自己讲得收缩不住地快，笔记上已经差不多了，下课铃还有好一会才打……心慌意乱中找出话来支扯，说不上几句又完了，偷眼看手表，只拖了半分钟”。赵辛楣深有同感，说：“现在才明白为什么外国人要说‘杀时间’，打下课铃以前那几分钟很难过！真恨不能把它一刀两断。”

用毫无乐趣也无甚价值的行为去填满一段不得不经过的时间，或许就是“杀时间”。

“杀时间”，表面看起来杀的是时间，但其实是自杀，至少是一种自残自伤，因为伤害的是自己的生命，生命不就是由一秒钟、一分钟、一小时积累而成的吗？“杀时间”就像拍打叮在自己身上的蚊子，被拍扁的是那只可恶的蚊子，但流出的是自己的血液。

被“杀”掉的时间，看似是生命的赘疣，手上的第六根手指，头上的皮屑，嘴里的智齿，肚里的盲肠，无用甚至讨嫌，但其实还是自己的；就像是孩子过年得到的压岁钱，看似是外来的、赠予的、盈余的，其实是因为父母谨遵礼仪，素来遵守礼尚往来之传统，对于别人家的孩子已经给了或必将会给压岁钱的回馈或预付款，孩子得到的压岁钱其实也是自家的。被“杀”掉的时间，以及任何不管怎样度过的时间都是自己的，哪怕是有点阴暗潮湿，长着苔藓，散发着霉味，堆着垃圾的凌乱角落，也是自我生命的一个角落。仁慈宽厚一点说，被“杀”掉的时间，或许如辞职信中的文采，宣战书里的礼貌，休闲衬衫最上面的那粒扣子，头顶上仅存的几缕头发，孔乙己掌握的“回”字的四种写法，虽然没有害处，但是可有可无。

好像每个人都免不了要“杀时间”，失眠的晚上；等待一误再误的航班；开车被堵在路上进不得、退不能；参加一场不能退席但又冗长无趣，自己还插不上话、回不了嘴的会面；举着相机静候取景框中的所有人都放下手机；在人潮汹涌的景区洗手间排队……

即使是在手机上打游戏、看视频，一旦变成“杀时间”的方式，也会了无趣味，做的人将无法得到放松和休息。

或许，对于人生的很多时段来说，说起“意思”都是奢谈，谈起“意义”更无异于梦呓，“杀时间”就是不得不面对的日常之一。但是，倘若“杀时间”之时能够有“意识”，那也算是从这段无聊的时光中打捞出了一点点价值。“杀时间”而有意识，会增强参与感，而不是被烦躁、沉闷、焦灼、无奈碾压而过，从而衍生出思考、改进、变革、更新，让这段时间慢慢有意思和有意义起来。

这时，本来注定要被“杀”的时间，也仿佛干枯的柳树淋了雨，慢慢长出了新芽。相对于生活的无意义、无意思，或许，更可怕的是无意识、糊里糊涂、不经省察地活着，这样的每分每秒都在“杀死”时间，“杀死”自己的人生。

志行千里者，不中道而辍足。

追火箭的人

□谢七七

2022年10月31日下午，巨大的轰鸣声激荡在文昌航天发射场上空。在明亮火焰的推动下，搭载空间站梦天实验舱的长征五号B遥四运载火箭自塔架升起，向静谧的蓝色深空驶去。

仰头目送火箭穿云而去的人们，短短几十秒后已经无法用肉眼看到火箭的影子了。在离发射塔架不远处，此次任务的光学岗位设备操作手侯鹏还在紧张地追踪火箭，并将实时图像数据传送到指挥大厅，用以监测火箭的飞行姿态。尽管已经执行过几十次航天发射任务，他仍紧张得冒汗，直到调度口令中传来“光学雷达跟踪正常”时，他悬着的心才放下。

作为“90后”，侯鹏在少年时代见证了神舟五号载人航天飞船的成功升空，早早便立下了航天志。成为文昌航天发射场指挥控制中心的一名光学岗位操作手后，一切都得从零开始。他很快发现，手动操作光学设备来跟踪记录火箭飞行信息并非易事，不但要跟上目标，还要保证提供的画面稳定、准确、清晰。

“我想亲手送飞长征五号！”怀揣这个梦想，侯鹏迎难而上，跟设备较上了劲。他常常在操作台前一坐就是一整天，双手紧紧握着运动直径不足5厘米的单杆，控制着光学镜头对火箭进行跟踪。他的每个细微动作都会敏感地传输到镜头上，哪怕出现一毫米的误差都可能跟丢目标。为了练就“毫米级”精度，他白天练完操作，晚上继续啃书本、背理论，周末从没休息过。什么项目难度大，他就练什么。在这样的训练强度下，他的眼睛因长期盯着屏幕，常常熬得红肿；他的双手因长时间紧握操作杆，长出了一层厚厚的茧子……

经过反复训练，侯鹏逐渐练就了一身光学跟踪的硬功夫。5年来，他在光学岗位上执行了长征七号、长征五号首飞，嫦娥五号、天问一号、天和核心舱、问天实验舱等70余次航天发射任务，从未失误过。

执行梦天实验舱发射任务前，侯鹏作为操作手，每天要进行几十次乃至上百次训练。虽然已经有丰富的经验，但他对每次任务都持严谨认真的态度。每天凌晨五点半，侯鹏就来到岗位上进行任务预演。新的仿真训练器材刚配发不到一个月，光单杆就被他用坏了好几副。有时他的睡梦中都会浮现跟踪火箭的画面。他在岗位操作台前用红纸贴了八个大字："万无一失，圆满成功。"为了"万无一失"，他精益求精，尽全力练好每一毫米的操作，全力打好梦天实验舱发射这场收官之战。

终于到了执行梦天实验舱发射任务的日子。下午，侯鹏早早等候在操作台前，默默地在心中一遍遍设想可能遇到的状况以及应对方式。"火箭飞到哪里，我就追到哪里！"

15时37分，火箭准时点火起飞。侯鹏所在的岗位虽然是离发射塔架最近的岗位之一，他却从未亲眼看到火箭点火升空的那一刻。

此时，他正紧紧盯着屏幕，通过手中一根细细的单杆，手动操纵焦距超长的光电望远镜推拉摇移，对高速飞行中的火箭进行捕获和跟踪。火箭点火后速度飞速提升，相当于步枪子弹出膛速度的七倍。而且，火箭在起飞阶段有一个角度很小的滚转前的姿态变化，持续时间很短，非常难跟踪。这就要求他必须用一个极快的变化速度跟上火箭的飞行速度。

很快，随着4个助推器的分离，画面中同时出现了5个目标。侯鹏精力高度集中，他握住摇杆，目不转睛地盯着这些不停翻滚着向各个方向移动的目标。他利用自己的经验，通过肉眼观察着它们的飞行姿态，迅速判别出需要跟踪的目标。

约8分钟后，梦天实验舱与火箭成功分离并准确进入预定轨道，发射任务取得圆满成功。"好样的，跟踪非常稳定！"得到指挥控制中心的肯定，侯鹏松了一口气，这才发现自己的后背已经被汗水浸湿了。

"我享受这种追火箭的状态，它让我走向更广阔的星辰大海。"侯鹏正是凭借对航天事业的热爱，对一毫米精度的执着和坚持，最终练就了追踪火箭的"千里眼"。只要心中有热爱，处处都是星辰大海。

不是所有坚持都有结果，但是总有一些坚持，能从一寸冰封的土地里培育出十万朵怒放的蔷薇。

水上开花

□黄小平

某日清晨，我看见一对父子站在溪边观赏溪流。儿子说：“爸，你看，水上也能开花。”我看了一眼溪流，明白了孩子所说的“水上开花”指溪流溅起的浪花。

“为什么只有那一小段溪流可以‘水上开花’呢？”父亲问。儿子看了看溪流，回答不上来。

“你看，那一小段溪流与别处有什么不同呢？”父亲继续问，“发现没有？那一小段溪流处于一个弯道，而溪流下横着几块石头。这些弯道和石头阻碍了溪流的脚步，因此溪流激起了浪花，让我们看到了‘水上开花’的奇观。正因为溪流遭遇了波折，才出现了美丽的浪花啊。”

“孩子，人生也是如此，正因为会经历波折、挫折和坎坷，人生才会像花儿一样绽放。”父亲说道。

当父亲牵着儿子的手离开溪边时，初升的太阳照亮了孩子一瘸一拐的身影。我不由得想起一件事。小时候，有一次父亲带我到城里看电影。当看见电影院墙壁表面都凹凸不平时，我感到很不解：“把墙壁弄平整，不是更美观吗？”

“如果墙壁是平整的，声音触到墙壁就会直接折射回来，产生回音，影响音响效果。”父亲说。

“那把墙壁弄得凹凸不平又有什么作用呢？”我问。

“这样声音就会在高低不平的墙壁上来回折射。经过一次次折射，回音会一次次减弱，直至消失。回音消失了，播放的声音才能达到纯正、清晰的效果。”父亲说，“在一次次折射的过程中，声音就像遭受了一次次挫折。正是因为这些挫折，声音才能剔除回音和杂音，变得纯正而清晰。”

后来，每当我遭受挫折时，便不由得想起这两件事。挫折帮助我们剔除悲观、气馁等人生中的“杂质”，让我们一步步变得刚毅、坚强，直至抵达成功的彼岸。

今日不肯埋头，明日何以抬头？

敬重时间

□赵　莉

阎崇年先生研究清史、满洲史、北京史，用他的话说：“我出了10本以上关于清史的书，重点是《清朝开国史》，120万字。古今中外，我是第一人。60岁开始，我创立了满学。我倡议建立北京社科院的满学所，这是全世界建立的第一个满学所。我出了5本有关北京史的书籍，其中的《中国古都北京》被译成英文、法文、德文、俄文等文字刊行。2020年，我又出版了《故宫六百年》。数十年来，我一心一意、心无旁骛地做‘三史’（清史、满洲史、北京史）研究这一件事儿，正所谓‘专心致志，金石可镂’。”

2018年，有一位好友问阎崇年：“这几十年您有多少作品？”

阎崇年说：“恰好有个出版社也要我谈谈这个问题，于是我抽空算了一笔账。我从1955年到北京师范大学学习历史开始，到2018年，大小文章一共写了568篇，超过万字的重要论文118篇，各种版本的著作95种，不重复的、独一的一个版本的著作57种，为自己作序63篇，为他人作序75篇，主编的作品15部，这些文章著作加起来，字数逾千万。其他讲话、讲座、答问、诗词没有统计。”

好友又问阎崇年：“您是从哪里挤出时间完成这么多著作和论文的？”

阎崇年说：“我的条件并不好，也并非绝顶聪明，能写出这么多书来，总结起来就是4个字：敬重时间。”

从1963年至今，阎崇年坚持每天清晨4点起床，到清晨7点，这是第一个单元；吃完早点以后，从8点开始到12点，这是第二个单元；中午休息后，从下午2点开始到6点，这是第三个单元；吃完饭，看中央电视台《新闻联播》，再从晚上8点钟开始，到11点结束，这是第四个单元。每天4个单元共14个小时，他都用于写作和读书，这相当于一般人两天的工作时间。周六周日同样如此。

“我就是通过这种笨方法，拼命挤时间读书写作，积累下来，就比别人的时间长了一倍或者两倍。时间不负勤奋人，你敬重时间，时间终将成就你！”

梦想到达的地方，脚步也能到达。

圆盘甲虫的悲剧

□念　衡

圆盘甲虫天生拥有一副坚硬的、类似龟甲的甲壳，就像它的盾牌一样。

论防御力，圆盘甲虫在昆虫界绝对是数一数二的。它的甲壳坚硬无比，遇到天敌时，它便趴下身体，将脆弱的头部和柔软的腹部藏在甲壳下。无论进攻者多强悍，对它也奈何不得，即便是凶悍的螳螂，也只能收起高超的捕猎技巧，悻悻离去。

按理说，圆盘甲虫应该没有什么天敌，可它们依然出现在了许多动物的食物列表中。这究竟是什么原因呢?

原来圆盘甲虫的甲壳缺乏灵活性。很多时候，圆盘甲虫从高处滑到低处时容易“翻壳”，由于甲壳过重，它们无法立刻翻转身体，致使其脆弱的头部和柔软的腹部裸露在外，丝毫不能动弹，简直是给天敌送上门的美餐。

虽然圆盘甲虫拥有过硬的本事，但是也存在致命的弱点，这点值得我们反思。战胜强大对手的方法绝不是硬碰硬，而是灵活变通，静待时机，这样才能达到四两拨千斤的效果。

坚定不移地选择滚烫的人生!

树一直在长

□赵宽宏

在树林中，树会奋力向上探出头，它要跟同伴争夺阳光；树也会将根尽量往深处扎，往广处伸，它要与同伴以及其他植物争夺水分和养分。

树长成了一棵大树，可以用来造屋盖房了，人们夸赞它是栋梁，但它不知道。因为空间的影响，因为时间的造化，因为机遇的青睐，树也可能长成风景，让人悦目，引人赞叹，但树也不知道。

树一直在长，至于是否能长成栋梁，它从没考虑过；是否能成为风景，那是观景之人的事情。它不知道自己会长成什么模样，哪怕最后只能用来生火，它也乐意。

它的心思只有一个：只要活着，就一直生长。

不耻最后，即使慢，驰而不息，纵令落后，纵令失败，也一定可以达到他所向往的目标。

盲人打灯笼

□佚　名

一个盲人到亲戚家做客，天黑后，亲戚好心为他点了个灯笼，说：“天晚了，路黑，你打个灯笼回家吧！”盲人听后火冒三丈：“你明明知道我看不见，还给我打个灯笼照路，不是笑话我吗？”亲戚回答：“你犯了局限思维的错误。你在路上走，别人也在路上走，你打着灯笼，别人可以看到你，就不会撞到你了。”盲人一想，对呀！

这个故事告诉我们：局限思维是从自己的角度思考，而整体思维是把自己放到整个环境中去考虑，只要系统地思考问题，就会发现，你的行为会跟别人产生互动。

纤纤不绝林薄成，涓涓不止江河生。

摘下一个“苹果”

□佚　名

一位老和尚身边聚集着一帮虔诚的弟子。有一天，他嘱咐弟子每人去南山打一担柴。当弟子们匆匆赶到离南山不远的河边时，不禁目瞪口呆。只见河水从山上奔泻而下，无论如何也不能渡河打柴。弟子们无功而返，都有些垂头丧气，唯独一个小和尚与师父坦然相对。师父问其原因，小和尚从怀中掏出一个苹果，递给师父：“过不了河，打不了柴，我见河边有棵苹果树，就顺手把树上唯一的苹果摘来了。”后来，这位小和尚成了师父的衣钵传人。

这个故事的意思是，世上有走不完的路，也有过不了的河，过不了河就掉头而返，是一种智慧，可真正的智慧是在河边摘一个“苹果”。历览古今，抱着这种生活信念的人，最终都实现了自己的人生价值。

须知少日拏云志，曾许人间第一流。

拥有“爱因斯坦大脑”的猪齿鱼

□玩月轩

在澳大利亚的大堡礁，有一种高智商的鱼，因为它牙齿外露，所以人们称它“猪齿鱼”。让人叹为观止的是，猪齿鱼居然聪明到会利用工具。在清澈的水底世界，一条猪齿鱼在寻找自己的美味佳肴。在水底的一堆碎珊瑚和沙子中，它发现了目标，一只埋在沙子中的蛤蜊。只见猪齿鱼微微侧了下身子，对准蛤蜊猛然舞动自己的鳃盖和鱼鳍，一股水流便冲开了碎石沙，蛤蜊彻底暴露在它眼前。旋即，它用自己更加厉害的牙齿，将这只蛤蜊叼到自己的巢穴中。而要吃到这顿美餐，目前才完成了一半工序。

下一道工序，也是非常艰难的一道工序，就是对蛤蜊进行“深加工”，简单地说就是开壳取肉。人类有手，可以拿匕首去撬，可猪齿鱼怎么办呢？它用牙齿叼着蛤蜊，游到珊瑚中最硬的一处地方，用力将蛤蜊扔过去，一次没有成功，再来一次；两次没有成功，再来第三次。经过数次撞击，蛤蜊壳终于被猪齿鱼摔开打破。

在这顿美味大餐的炮制过程中，猪齿鱼凭借牙齿，将看起来完全不可能实现的美味制作过程变为可能，呈现出一个聪明绝顶的鱼类“大厨”形象。原来，在这神秘而深邃的海洋世界里，会有这般充满智慧的鱼类，因此，有人说猪齿鱼是“鱼类中的爱因斯坦”。

坚持，是一种强大的力量，它总能让好事发生。

读　蚁

□安　谅

闲暇的时候，蹲下身子
读蚁，读它们的土腥气
它们的分列、断句、标点和成群的出行
堪比甲骨文古老

小屁孩儿时，身比家狗高
蚂蚁芝麻粒大小
百步，走不出我的手掌
我平生，第一次得意与骄傲

走过了人世间的风雨
再读蚁，头颅不敢抬高
心肉痒痒的
像是它们刚走过的山坡

读弱小，是读一本经书
见微知著，可以读得神神道道
总有一些灵魂，比你艰难
也比你执着

以一种毫不起眼的生活
从容不迫，让我知晓
世界是我们的
也是它们的

坚持力测试站

回答以下3个问题，用1分钟测出你的毅力水平。

问题1：当你在学习中遇到一道难题，想了10分钟还是不会，你会？

A. 继续思考，换不同方法尝试（3分）

B. 先做别的题，等会儿再回来看（2分）

C. 直接放弃或抄答案（1分）

问题2：如果参加运动会800米跑步，跑到一半特别累时，你会？

A. 调整呼吸坚持跑完，哪怕是最后一名（3分）

B. 慢走几步再继续跑（2分）

C. 直接退出比赛（1分）

问题3：你正在培养一个新习惯（如每天阅读），但连续3天都忘记了，第4天你会？

A. 立即补上，并设闹钟提醒自己（3分）

B. 从当天开始继续，但不补之前的（2分）

C. 觉得反正中断了，干脆放弃（1分）

结果分析

7~9分：坚持小勇士

你拥有“不轻易认输”的超能力！

4~6分：波动型坚持者

需要用一些成就感激励自己。

3分：容易放弃型人格

建议从“微习惯”开始训练（如每天只读1页书）。

第二章

每天学习一点，了解世界多一点

日日行，不怕千万里；

时时做，不惧千万事。

我总是有很多想法

一会儿想学滑冰

一会儿想去晨跑

一会儿想写日记

每件事在刚开始做时都轰轰烈烈

信誓旦旦，一定要做成某事

最后却都是潦草收场

学会的也只是皮毛

……

画重点

很多事情，做了不一定马上有结果

但坚持下去总会看到希望

顽强的毅力可以征服

世界上任何一座高峰

任何不走心的努力，都是敷衍你自己。

100℃的人生

□佚　名

学生要毕业了，上最后一堂课时，教授把他们带到了实验室。

教授取出一个玻璃容器，往容器里注入一些清水，说：“这是常态下的水，如果把它倒进一条小溪里，它能流入大河，然后和河水一道奔流着涌进大海。”教授把盛水的容器放进一旁的冰柜，接着说：“现在我们将它制冷。”过了一会儿，教授把容器端出来，容器里的水凝成了一块晶莹剔透的冰。教授说：“0℃以下，这些水就成了冰，冰是水的另一种形态。水成了冰，就不能流动了，诸如极地的一些冰，它们待在那里几千年几万年了，却连几千米外的地方都无法抵达，更别说流进大河，流向大海了。它们的全部世界就是立足的那点地方。”

“现在，我们来看水的第三种状态。”教授边说边把盛着冰的玻璃容器放到酒精炉上。过了一会儿，冰渐渐融化了，咕嘟咕嘟地翻腾出一缕缕蒸汽，在实验室里静静弥漫着。没多久，容器里的水蒸干了，教授关掉酒精炉问道：“水到哪里去了？它们已经蒸发到空气中，汇入辽阔无垠的天空中了。”

教授看向学生说：“水有三种状态，人生也有三种状态。水的状态是温度决定的，人生的状态则取决于自己心灵的温度。假如一个人对生活的温度保持在0℃以下，那么这个人的状态就是冰，他的整个世界就是双脚站立的地方；假如一个人对生活和人生抱着平常的心态，那么这个人就是一掬常态下的水，能奔流进大河、大海，但永远离不开大地；假如一个人对生活和人生的态度可以达到炽热的100℃，那么这个人就会变成水蒸气，成为云朵，继而飞起来，不仅拥有大地，还拥有天空，他的世界将和宇宙一样大。”

要么出众，要么出局。

我有了新名字

□陈金旭

清晨，柔和的阳光透过窗户探进教室，清风也悄悄溜进来，清爽而舒适。

正在偷偷吃糖的我有点窃喜。突然，一个黑影带着压迫感向我袭来，是老师。他用手指在桌上敲了敲，示意我起来：“读一下这句话。”我心一紧，不敢说话，怕糖掉出来。老师发话了：“你在吃糖？独乐乐不如众乐乐，可好？”

回到家，我掏出猪猪存钱罐，把耳朵凑近它，听了听里面硬币碰撞发出的叮当声。这可是我辛辛苦苦攒下来的啊！就要这样失去了吗？早知如此，何必当初？老师罚得太狠了吧！我开始算48人每人一颗糖要多少钱。一个字，贵！无数念头编织成一张网，将我牢牢捆住。我捧起存钱罐，手有点颤抖，然后狠心一摔，“咣当”一声，存钱罐碎了，我的心也碎了。

来到超市，我拿起一颗颗糖果比较，捏、闻、掂、看价，一套动作行云流水，像一位资深行家。2元一颗，不行，太贵了，得换一种。呀，这个实惠！我拿起来掂了掂，有点重，也不行。再转头，我拿起一颗比较顺眼的糖果，价格还行，重量还行，大小也还行，这是最好的选择。我一颗一颗数着，48颗，不能超了。我慢慢走到称重处：“阿姨，称一下。”看着秤上不断跳动的数字，我的心也跟着不停地跳，手不由自主地伸进口袋里，捏着那点钱，手心微微出汗。最后数字停了，我的心也彻底凉了，我再次拎起那袋糖，觉得重若千斤。

超市为什么不开空调啊？闷死了！我悄悄把糖果放回去，转头看见了白砂糖，一包12元还打八八折。拿起来细看，白糖粒粒分明，我顿时觉得口袋像气球一样鼓了起来，自己宛如亿万富翁。

第二天来到学校，我捂紧口袋，一个箭步冲到老师身后，把袋子轻轻放到老师的桌子旁，快速回到座位，有点做贼心虚。老师看了我一眼，打开袋子，拿出白砂糖，迅速反应过来：“作业完成得不错，一人一颗都不止，你既然这么聪明，要不你来一颗一颗分？”同学们都笑我很抠。

从此，我有了“抠抠糖”这个新名字。

那些你曾热爱、坚持过的东西，最终都会拼成你自己。

在木星上炸薯条最好吃

□橙子鱼

如果在木星上炸薯条吃，味道会怎样？虽然这个问题听起来有点无厘头，但欧洲航天局通过一台为全世界科学家提供重力实验的大直径离心机，解决了这个难题。为什么欧洲航天局愿意研究这么一个“愚蠢”的问题？说来你可能不信，因为空间站的宇航员跟局里提要求说：想吃炸薯条，而且必须是现炸的，不能炸好再用火箭送上来，因为凉的薯条不好吃。

但毕竟是炸薯条，油炸这种烹饪方式听起来就不太安全，在地球上用油炸食物时都会溅油，更别说在太空中了。考虑到帮宇航员吃上新鲜的炸薯条，可能会对机组人员产生积极的心理影响，希腊科学家花了几百万英镑进行研究，并且该项目得到了欧洲航天局的支持。

在欧洲航天局，有一台专门用于训练飞行员和宇航员的大型离心机，可以产生相当于地心引力9倍的力，最大可以达到20倍。这台离心机直径达8米，有4个长臂，每个臂可以装载两台测试吊舱，吊舱的最大有效载荷为80千克。当离心机旋转起来的时候，即会产生向心力模拟吊舱内的超重力场。当然，吊舱肯定不能直接用来装炸薯条的仪器，要做一定的改装才行。改装后的“特制炸锅”，有控温器，可以用于炸薯条。里面还有一个高速摄像机，用于观察炸薯条时产生的小气泡。科学家将土豆切成条，在橄榄油中炸，同时用离心机创造不同的重力条件，以研究重力加速度对土豆条在炸制过程中酥皮厚度和水蒸发速率的影响。

结果显示，更高的引力能增加热油和土豆之间的热传递，缩短油炸时间，使薯条的外壳更厚、更酥脆。最终研究人员发现，在引力为地球引力3倍的地方炸出的薯条最好吃，而木星的引力刚好是地球的3倍。所以，在木星上炸薯条最好吃。

人之所以能，是因为相信能。

一定要把压岁钱全部存进银行吗

□西皮游

春节期间，你收到七大姑八大姨的压岁钱了吗？

收钱真开心，可寒假一过，老妈又开始故技重施："把压岁钱交出来，我给你存银行！"

虽说妈妈的理财意识肯定比咱强，但钱是不是都要存进银行呢？该不该留一点在自己手中呢？留多少比较好呢？……你如果有过这些疑问，恭喜你，你大概率是个不会遭遇"流动性危机"的人。

2022年10月，诺贝尔经济学奖获奖人揭晓，瑞典皇家科学院把这个殊荣颁给了在"金融危机"和"银行理论"领域做出贡献的本·伯南克等人，他们的理论涉及一项重要的内容就是银行的流动性危机。

所谓"流动性"，通俗地说，就是你手上有钱，可以把它花在任何一个事物上，钱就像水一样能四处流动。所谓"流动性危机"，就是"没钱了"。很多时候，我们觉得银行是最有钱的地方，事实上，银行也没那么有钱，有时候甚至很穷，于是就出现了"流动性危机"！

这是怎么回事呢？原因有二：

第一，也是最关键的原因，银行的钱都来自储户，不是银行自己的！就像班长收取全班同学的班费，看上去荷包鼓鼓，但都不是他的呀！如果我们储户全部把钱取出来，银行可不就没钱了嘛！

第二，银行虽然吸收了存款，但也都以贷款的方式把钱放出去了，真正留在手上的不多。因为每放出一笔贷款，就可以收取相应的利息，所以银行很乐意把尽可能多的钱给贷出去。

但银行又不能贷出去太多，一旦全部贷出去了，发生“流动性危机”的可能性也就大大提升了。想想看，你在银行存了100元，忽然需要取出20元，银行却告诉你，哎呀，我全贷给别人了！这不就害你想用钱用不上了吗？

这时，你就会敲玻璃、扯嗓门：“还我血汗钱呀！”其他人一听，也开始担忧，我的钱是不是也取不出来了？于是大家蜂拥而至，急着从银行取现。这种存款人集体向银行取款而银行却给不了钱的情况，就是银行的“流动性危机”。

为了防止这个危机出现，中国人民银行规定，银行必须留一部分钱在自己手上，不许全部贷出去！这笔必须留在手上的钱，就叫“存款准备金”。

和银行一样，你也可以留一点“准备金”在手上，不然，急需用钱的时候（比如抢购一本书、饿了买点零食等）还得找同学借，也确实挺麻烦的。结合我的工作经验，目前大部分银行的存款准备金率维持在5%～7%，所以，建议你也可以留5%的压岁钱灵活应变。比如，这个春节你一共收到了2000元压岁钱，那么可以选择自己留100元，剩下的全交给妈妈。

如果妈妈问起，试着用“流动性危机”的理论向她解释，祝你成功！

快乐读书吧

真读书假洗澡

一年夏天，有一次曹禺的妻子准备了澡盆和热水，让他去洗澡。此时曹禺正在看书，爱不释手，便一推再推，最后在妻子的再三催促下，他才一手拿着毛巾，一手拿着书步入内室。一个钟头过去了，未见人出来，房内不时传出稀稀拉拉的水响声。又一个钟头过去了，情况依旧。曹禺的妻子顿生疑惑，推门一看，原来曹禺正坐在澡盆里读书，一手拿着书，另一只手拿着毛巾在有意无意地拍水。

你的压力来源于无法自律，只是假装努力。

“张骞优选”与“郑和海淘”

□梅姗姗

公元前139年，张骞带着100多人从甘肃出发，向如今的乌兹别克斯坦一带行进。没过几年，他便带着团队再度出使西域，随身携带的还有无数丝绸、铜器等。

张骞两次出使西域，让西域各国直至中亚腹地都了解到大汉王朝的存在，沿线各国百姓开始了延续千年的商贸交流。1877年，一位名叫李希霍芬的德国地理学家，给这条基于张骞探访而打开的商贸交易通道取名为“丝绸之路”，这便是“张骞优选”的来源。

将时间往后拨1000多年，来到1405年，明成祖派郑和率舰队通使西洋，28年间，总计7次出海。

郑和领命出访各国的目的，自然不是贩卖蔬菜。他的目标是建立友好邦交，让尽可能多的国家认识屹立在东方的大明王朝。

每到一地，当地人都让郑和带回不少礼物，有长颈鹿、金钱豹、狮子以及各种奇珍异宝。这次出访，让当时开始全球海洋殖民的葡萄牙知道了大明王朝。

16世纪初，葡萄牙船只来到广州。他们带着做生意的目的，将从各个大陆收集的瓜果蔬菜、金银财宝与本地港口商人进行交换。随后的几百年间，荷兰、英国、德国、美国的船只陆续到达这里，中国的土地种上了花生、土豆、红薯、番茄、辣椒等食物。这些食物一开始只是满足外国商人自己的日常需求，但逐渐地，中国人

也开始认识到这些食物的价值，并伴随着人口迁徙将它们传播开来……“郑和海淘”由此而来。

显然，张骞与郑和并不是“海淘”代购。他们甚至很可能没有参与过食物的选品，只是在自己跋山涉水的漫长旅途中，创造了一种中国与西方物种交换的可能。但历史上是否有人为我们的餐桌做过甄选呢？

应该是有的。

很久以前，中国人就已经懂得用味蕾为所喜欢的生活方式投票。

比起阿拉伯人最爱的椰枣和地中海人喜欢的莳萝，由国外传入中国的苹果、番茄以及土豆等作物更受欢迎，在数百年间火速占领中国人的餐桌，成为看不出原籍的“本土食材”。

你或许发现了，甄选出能够持续稳定进入我们食谱的食物的，既不是张骞，也不是郑和，而是与土地相依相伴5000多年的老百姓。任何食物，只要被老百姓认可，就能克服重重困难登上餐桌。

来自北美洲的蓝莓酸甜可口，营养丰富，方便携带，还不脏手，于是，从蓝莓商业化栽培起步，到变成世界上蓝莓种植面积以及产量最大的国家，我们用了不到20年；来自墨西哥的牛油果口感细腻，脂肪丰富，可“荤”可素，于是，到2022年，我国本土牛油果产量已超过12万吨；东南亚的榴梿口感香软柔滑，仿佛天然乳酪，于是，2020年，我国海南岛开始大面积种植榴梿……

公元前139年出发的那一天，张骞大概没想到，自己开启的竟是这样一场持续2000多年的饮食交流。中华大地赋予中国人的饮食经验，不断与来自世界各地的食材冲撞、撕扯、擦出火花。从芝麻、大蒜，到榴梿、牛油果，中国人的味蕾也在这一过程中不断被丰富。

常怀勇气，永远前进，不叹宿命，大道三千皆可行。

典故里的“带货达人”

□项　伟

当下，“带货”特指明星、网红等社会知名人士通过网络媒体对某一商品进行助销，继而引发大范围流行、抢购的现象和行为。不过，“带货”可不是现代人的发明，其实古人早有涉猎，随便翻翻那些藏在史书里的典故，就能发现不少有温度的“带货达人”。他们不仅有着高超的“带货”技能，其目的也远比现代人单纯得多。

“洛阳纸贵”既是一个成语，也是一则典故，最早出自《晋书·左思传》。晋代左思写成《三都赋》，被人竞相传诵、抄写，导致洛阳当地的纸张脱销，价格暴涨。表面上看，这是一则富有文化气息的历史典故，实则背后藏着一个“带货”的小故事。

出身于儒学世家的左思，从小就勤奋好学，耗时十年完成了《三都赋》。可是这一被后人奉为经典的名篇，在刚写成时并无人问津。原因很简单，左思在当时既无名气，也无人脉，加上口齿笨拙，不善于推销自己，自然没人关注他。

一次偶然的机会，他认识了皇甫谧，一位在文艺界威望极高的学者，从此左思命运的齿轮开始转动。皇甫谧读了《三都赋》之后，大为赞赏，亲自为它作序，还向朋友和同仁大力推荐。在他的力荐之下，更多的人知道了《三都赋》，当时著名的文学家张载、刘逵等人都先后为它作序或注释。就这样，在名人“带货效应”及优秀“宣传文案”的帮助下，《三都赋》的名气越来越大，引得豪贵人家、文人骚

客等竞相传写，以至于洛阳的纸张一度供不应求，价格居高不下。只是让皇甫谧等“大咖”没想到的是，他们带的“货”原本是《三都赋》，结果连带着让洛阳的纸张也大火了一把，让卖纸的市井百姓也一并得了不少的实惠，这倒真是无心插柳之举了。

《东坡诗话》里记录了一则“卖扇还债”的典故，充分体现了大宋“顶流”苏东坡的“带货”能力。话说东坡先生在杭州做官的时候，断过一桩官司。一个卖绢扇的商人，因无力偿还拖欠绢商的两万文钱，被告到了衙门，这事正好让苏东坡碰到了。东坡问：“为何不还债？”扇商哭丧着脸说：“不是不还，由于家中老父去世，办丧事花光了积蓄，此时还钱实在是有心无力。”东坡又问：“还有扇子吗？”扇商回答还有二十把。东坡笑道：“你只管把扇子拿来，明天过来取钱就是了。”扇商将信将疑地将扇子交给东坡。当晚，东坡就着烛光，将这二十把扇子全部题上了自己作的诗词，还画上了枯木竹石。第二天一早，他将扇商与债主叫了过来，对商人说：“我为你还债的事，忙了大半夜，你现在就可以拿着这些扇子到街上叫卖。记住，一千文一把，不能多也不能少，卖扇所得的钱，应该正好够你还债。”

两个人嘴上道谢，心里却在犯嘀咕——这事能成？谁知道刚走出府门，闻讯赶来的市民就将这些带有苏轼诗画作品的扇子抢购一空，那些晚来一步的人只能捶胸顿足，叹息不已——此事在当时的杭州城被传为美谈。这件小事虽说是苏东坡一时兴起，随手为之，却也从侧面证明了东坡先生的“带货”能力和号召力，比起现今那些拥有百万“粉丝”的“网红”，绝对是有过之而无不及。

巧合的是，一代“书圣”王羲之在离杭州不远的山阴县（今浙江省绍兴市）任职的时候，也曾即兴“带货”，以题字的方式，帮一个在桥上卖竹扇的老婆婆推销滞销的扇子。当地人为了纪念王羲之，就将那座桥命名为“题扇桥”。

如果在胜利前却步，往往只会拥抱失败。

人一天会遇到多少化学反应

□熊猫君

你知道人一天会遇到多少化学反应吗？

美拉德反应赋予烤肉诱人的红棕色；季铵盐使衬衫柔软顺滑，远离静电；小小的葡萄糖分子此刻正驱动着你身体中的数十万亿个细胞……从家庭烹饪到工业造纸，从胶片到数码设备，再到人体内部，在《生活中的化学》一书里，你所热爱的舒适生活，皆是化学创造的奇迹。

让我们先从早晨睁开眼睛准备洗漱说起。

牙膏可能是你遇到的第一位化学朋友。现代牙膏的成分很复杂——研磨剂由二氧化硅、氧化铝、磷酸盐或碳酸钙制成，可将牙齿表面的牙菌斑磨除；清洁剂由表面活性剂组成，有助于形成泡沫；湿润剂常选用山梨糖醇或甘油，避免牙膏干燥、变硬。如果再添加木糖醇、甘露醇等非糖甜味剂，便可以得到一管甜味牙膏。

现在，含有合成羟基磷灰石的牙膏大量上市，通过在牙齿表面形成一层合成牙

釉质，达到保护、修复牙齿的目的。

中午的午餐中，化学也不能缺席。

对爱吃鱼的人来说，鱼肉非常美味，但它散发出的腥味就不一定招人喜欢。鱼的腥味来自一种化合物——三甲胺。这是一种不溶于水的化合物，非常容易挥发，因此即便只有少量的三甲胺，也会被我们察觉。和所有胺类一样，三甲胺也是一种碱性物质，所以它可以与酸反应——当我们把柠檬汁洒在鱼身上时，三甲胺会被柠檬酸盐化，变为水溶性化合物，失去了挥发性，难闻的腥味也就消失了。

到了晚上，你认为化学就能放过你吗？

对许多人来说，失眠是一个严重的问题。

究竟是什么决定了我们的睡眠？大脑中的松果体可以分泌一种叫血清素的物质，这种物质在白天使我们保持警觉和清醒，刺激学习和记忆活动。天黑以后，很大一部分血清素会转化为一种助眠激素——褪黑素，并在血液中逐渐积累。血液中的褪黑素在凌晨2点至4点浓度最高。之后，随着黎明的到来，褪黑素的浓度开始逐渐降低。光线会抑制褪黑素的产生，所以，从化学的角度看，你需要一个较黑暗的环境保证褪黑素的合成，特别是在凌晨时分，才能保证睡眠质量。

从衣食住行到轻重工业，我们的生活随着化学的发展，变得更加便捷舒适。

文学里的蔬菜『大明星』

□戚　舟

如果在困难时坚持，常常会获得新的成功。

芹菜：学界“文曲星”

芹菜有多难吃呢？医学家孙思邈在《千金食治》中写道，芹菜味苦、酸、冷涩，真是比一般的药材还难以入口。对它的吃法，北魏贾思勰在《齐民要术》中写道，可以和大蒜、臭鱼干一起炒着吃。这三种食材放在一起，可真是“怪味三菜”啊。

好在芹菜貌美，《吕氏春秋·本味》中记载：“菜之美者……云梦之芹。”因而，它被善于发现美的文人稍加润色，便有了祈福之用。祈什么福？自然是希望能像“文曲星”般文运亨通，譬如《诗经·鲁颂·泮水》中记载：“思乐泮水，薄采其芹。”这里的“泮水”是指古代学宫周围的水，学子在进京赶考前来此采芹祈愿，希望自己一举夺魁。在《红楼梦》第十七回中，贾宝玉说：“新涨绿添浣葛处，好云香护采芹人。”这“采芹人”就是指贾府的读书人。

典故“献芹之意”也和读书人有关。有人觉得芹菜好吃就送了人，朋友尝后却说：“太难吃了。”读书人便用“献芹”来谦言自己见解浅薄，提前降低对方的期待值。如李白的“徒有献芹心”，杜甫的“献芹则小小”，都是此意。

韭菜：诗界“大明星”

韭菜有种刺激性气味，吃完“口齿留臭”，久久不散，让人十分尴尬。《清异录》中记载，杜颐极爱韭菜，但别人实在受不了他的口气，于是“候其仆市还，潜取弃之”，趁他不在家时把韭菜全都扔了。

诗人偏爱韭菜，因为它代表盎然春意。比如，元好问吟诗道：“韭早春先绿，菘肥秋未黄。”能吃头茬韭菜的时候，就代表春天到了。曹雪芹说：“一畦春韭绿，十里稻花香。”这描绘了一畦韭菜欣欣向荣迎接春天的美好场景。宋代刘子翚笔下的“一畦春雨足，翠发剪还生”，更借韭菜的旺盛生命力道出了春天的蓬勃之美。

韭菜还是“春盘”的必备菜品。顾名思义，“春盘”用一些能代表春天的蔬菜摆盘，一般选择具有刺激脏器功效的蔬菜。如《岁时广记》中记载的“五辛盘”，在盘中盛上蒜、韭菜、芸苔、胡荽等“春菜”，有春气蓬发之寓意。苏东坡很中意韭菜，作有“青蒿黄韭试春盘”“春盘得青韭，腊酒寄黄柑”“早韭欲争春”等名句，表达了他对畅意春日生活的向往。韭菜被诗人们一夸，转瞬成了诗界的“大明星”。

苦瓜：教育界“大师”

苦瓜被称为“苦味之冠”。清代学者屈大均却说它是“君子菜”，曾在《广东新语》中如此评价：“杂他物煮之，他物弗苦，自苦而不以苦人，有君子之德焉……其性属火，以寒为体，以热为用，其皮其子皆益人，又有君子之功。”意思是说，苦瓜即使与其他菜一起烹饪，也不将苦味传给其他菜，有君子“坚其志，苦其心”的品德；苦瓜虽苦，但全身上下都是宝，最能消暑涤热、明目解毒，有君子无私奉献的品格。

因此，苦瓜的苦不仅是一种味道，还象征敢于吃苦的美好品德。明末艺术大师石涛曾在《苦瓜和尚画语录》中写道：“这个苦瓜老涛就吃了一生，风雨十日，香焚苦茗。”石涛自称“苦瓜和尚”，在长达40年的游历生涯中，他踏遍山河，全身心投入艺术创作，用吃苦精神成就了自我。久而久之，苦瓜就有了教育意义。

这些蔬菜虽不是美食界的宠儿，但在其他领域发挥长处，成为文化界不可取代的“顶流”，丰富了我们的精神世界。我们也该学学芹菜、韭菜和苦瓜，不因短处自卑，而因长处自信。

每一次坚持，都是对未来的一次探索，都是向无限可能迈进。

如果孙悟空学会“一心二用”

□欧阳晨煜

在《西游记》里的取经路上，每当遇见江河湖海，孙悟空都会难为情地挠挠头，表示自己不善水性，请二位师弟下水一战，或把妖怪引上岸来。

其实，孙悟空并不是不能下水，只是不擅长水战。每次下水，他都需要念避水诀或者变成水生生物的样子，这样固然可以在水中自由穿行，但无法和妖怪全力搏斗。一边念避水诀，一边抡金箍棒打妖怪实在是太困难了。一心二用会导致战斗力大大下降，所以他尽可能地避免直接下水和妖怪搏斗。

当年，菩提祖师教了孙悟空很多本领，却并未将“一心二用”的法术教给他。这不是菩提祖师“藏私”，而是因为“一心二用”在科学上是个伪命题。

同时做两件事对孙悟空来说很困难，但是对现代人来说好像轻而易举。我们可以一边听音乐一边写作业，一边吃饭一边看短视频，熟练掌握了一心二用的本领，甚至把它作为一种常态化的生活方式，难道我们比神通广大的孙悟空更厉害吗？

一心一意的“分身术”

小时候，我们总会碰到一些关于时间管理的经典数学题，如早晨起来刷牙洗脸要花5分钟，洗水壶要花1分钟，烧开水要花10分钟，整理书包要花3分钟，冲牛奶要花1分钟，吃早饭要花10分钟。怎样合理安排这些事情才能使所花时间最少？

“先洗水壶，接着烧开水，在等水烧开的10分钟里刷牙、洗脸和整理书包，水开了冲牛奶，然后吃早饭。”在小时候的我们看来，这是正确的答案。

然而随着年龄的增长，当我们面对复杂的事物再使出“一心二用”时，却发现本来是用来节约时间的“一心二用”好像更浪费时间了。举个例子，当你一边吃饭一边刷手机时，你会发现，本来半小时内就可以吃完饭，却硬生生拖长了许久，“一心二用”大大降低了我们的效率。

很多人都发现自己的注意力越来越难以集中，我们对于需要长时间完成的事都失去了耐心，很难再阅读一本厚书或者从头做一项长远的计划，“一心二用”偷走了我们的专注力。

孙悟空和你，都不适合“一心二用”

“一心二用”的本质并不是同时做几件事，它的秘密在于不停地切换。当你一边听音乐一边工作的时候，你并不是同时在完成这两件事，而是把注意力在这两件事之间不停地切换。实验表明，在处理事务时，只专注于一件事，效率会比在两件事之间来回切换高出25%。切换就意味着损耗大量精力，当我们把注意力切换到另一件事后，再想重新投入到原来做的那件事中，至少需要十几分钟的时间。至此，你就会知道效率为什么不知不觉地降低了。

而医学家也证实，“一心二用”会加重你的焦虑。在几件事之间不断切换，你的压力会升高好几倍。这不仅不利于你保持良好的情绪，还会影响身体健康。同时，这样的“多线程操作”会影响你的记忆力，并扼杀你的创造力。

现在看来，如果孙悟空学会“一心二用”，他的战斗力可能会下降。当孙悟空一边念着避水诀一边和妖怪搏斗的时候，他的注意力就需要在这两件事上不断地切换，而战斗如此紧张，他却不能够集中注意力，自然就很容易被打败。所以，还是一心一意的陆战更适合这位神通广大的人物。同样，一心一意的生活也更适合我们这些普通人。

不要重来，不要白来，不要再来。

走出属于自己的路

□马传令

“玉兔二号”在月球背面干了一件非常重要的事——把地球上的生物带上了月球。科学家们精心挑选了六种生物，有棉花种子、油菜种子、马铃薯种子、拟南芥种子、果蝇、酵母菌。

“嫦娥四号”落月四天后，搭载的棉花种子竟然发芽了！

2025年1月，“嫦娥六号”实现了世界首次月球背面采样返回，之后还会有“嫦娥七号”“嫦娥八号”，再往后还有2030年的载人登月等任务。此外，“天问一号”探测器成功着陆火星，空间站天和核心舱成功发射……

可以说，中国航天人的脚步一刻也没有停，一刻也不敢停。

《月背征途》一书中说：“月背本没有路，我们来了，便走出了属于自己的路。”

强大不是征服一切，不留余地，而是选择性取舍，合作共赢。

“炸弹树”除了炸弹，还有汁和蜜

□任万杰

美洲亚马孙河流域有一种“炸弹树”。“炸弹树”的果实成熟后，遭受外力的冲击或过高的温度会爆炸，炸出去的种子就像是弹片一样，可以伤人。“炸弹树”靠这种方法传播种子和保护自己，在它四周，经常能看到被它伤到的鸟。

因为“炸弹树”威力不小，当地人都不敢接近这些树，甚至不敢将房子建在附近。那当地人为什么不把“炸弹树”铲除呢？

这是因为当地人知道取舍。“炸弹树”的树干会分泌汁液，内含大量烃类化合物。果实未成熟时，当地的印第安人会在树上钻小孔收取汁液，这些汁液可以当作汽车燃料。因此，虽然“炸弹树”很危险，但当地人还是会保留它们。

选择比努力更重要，但坚持让选择发光。

无形的束缚

□赵盛基

天降大雨，雨滴从数千米高空落下，体积比蚂蚁还大，但蚂蚁竟毫发无损。殊不知，蚂蚁的外骨骼是由甲壳素构成的，能够承受自身体重55倍多的重量，抗击打能力足够强，小小雨滴是砸不死它们的。

雨停了，我在落叶上发现了几只蚂蚁，雨滴将它们一个个包裹起来。透过晶莹剔透的雨滴，我清楚地看到，被困住的蚂蚁在里面拼命挣扎，试图挣脱水滴的控制。雨滴具有极强的弹性，随着蚂蚁的挣扎，一会儿拉长，一会儿变圆，就是不破裂。原来，是水的表面张力发挥了作用，将蚂蚁困在了里面。

蚂蚁多么渴望太阳快快出来啊！太阳出来，水分蒸发，蚂蚁就解困了。然而，天公不作美，直到蚂蚁被困死，太阳也没露脸。

成串的雨滴都没将蚂蚁砸死，一滴水却将它们置于死地。可见，要它们性命的不是强势打压，而是无形的束缚。

灵感——这是一个不喜欢拜访懒汉的客人。

赢，需要你保持专注

□陌　染

“出场就已经赢了一半”是最糟糕的励志名言之一。事实上，出场与胜利并无直接关联。仅仅出场，离真正的胜利还很远。胜利者需要有明确的目标和清醒的自律。当有人说“出场就赢了一半”时，他们往往已经输了——因为他们可能放弃了真正的努力，只满足于表面的形式。

真正的胜利在于全身心投入，在于专注和坚持，而不是一时的热情或半途而废。胜利是一种持续的状态，而非瞬间的结果。它要求你在每个细节上追求卓越，只有这样，才能真正接近胜利，而不是停留在“出场”的幻觉中。

选择是门，坚持是钥匙，开启未来的无限可能。

四道有魅力的“伤心坡”

□倪西赟

波士顿马拉松始于1897年，赛事全程约43千米，是世界上最古老的马拉松赛事，每年都有数万人甚至是数十万人参加。

对每一个马拉松爱好者来说，参加波士顿马拉松并跑完全程是一个了不起的荣誉，能获得奖牌更是一种光荣。因为波士顿马拉松赛道设计得相当有魅力。在波士顿马拉松赛道上，不仅有很多平坦路和下坡路，还有四道“伤心坡”，这让很多马拉松好手伤心欲绝。

波士顿马拉松的第一道“伤心坡”出现在赛程的26千米处，第二道“伤心坡”在28.6千米处，第三道“伤心坡”在31.4千米处，第四道“伤心坡”在33.2千米处。

运动员在刚开始时意气风发，等跑到第一道“伤心坡”的时候，众多运动员已体力不支，放弃继续前进，第一道“伤心坡”阻止了锻炼不够的爱好者。跑到第二道“伤心坡”放弃的人，虽然疲惫不堪，但还有些力气。可他们知道，如果继续跑下去，也跑不到终点，于是选择了放弃，所以第二道“伤心坡”阻挡了一些有体力但没有耐力者。能跑到第三道“伤心坡”的运动员，此时肌肉有些僵硬，身体不听使唤。在此，很多运动员不再咬牙坚持，觉得到此已经成功，主动选择了放弃，所以第三道“伤心坡”阻挡了一些意志不坚定者或已知足者。第四道“伤心坡”是最有名的“心碎坡”，能跑到这里的运动员，他们体内的能量已经耗尽，呼吸也极度困难，身体和耐力已经达到了极限，但他们是赛事中的佼佼者，跑到这里便不会轻易放弃，会选择继续前进。能跨过第四道“伤心坡”的运动员，他们心中有强大的信念在支撑，而且他们知道，跨过第四道“伤心坡”，无论有无奖牌或名次，都已经成功了。

波士顿马拉松的四道“伤心坡”，类似于人生路上的四个障碍。它们拒绝急于求成者，不让人轻易得手；也拒绝轻易放弃者，不让人随随便便成功。我们唯有艰难地爬过一道又一道“坡”，才有可能成功。这就是“伤心坡”的魅力！

莫因一次失利而沮丧，莫因一时挫败而停滞。

3%定律

□项　伟

一位做职业培训师的朋友告诉我，在成功学领域，有一个“3%定律”。这个世界上，不爱学习的人至少占了90%。

“那就是说，大概还有10%的人爱学习？”我问他。

“算是吧！”他不无遗憾地说道，“但爱学习不等于会学习，这是两码事。从这个角度来说，还要减掉9%。只有剩下的那1%的人，既爱学习又善于学习，且有明确的目的。这就是我们常说的，能获得成功的那1%的群体。”

“不对啊，你一开始说的不是3%吗？”我疑惑道。

朋友笑了：“是的。事实证明，那90%不爱学习的人很难变成热爱学习的人。但那9%爱学习却不会学习的人，相对来说更容易成为会学习的人，让最成功的那类人的比例从1%升至3%，这或许就是教育与培训的目的。”

朋友还举了一个实例，著名的心理学家戴尔·卡耐基曾对世界上一万个不同种族、年龄与性别的人，进行关于学习能力与人生目标的科学调查。结果发现，最多只有3%的人善于学习，且有清晰的人生目标，并知道怎么落实目标；而剩下97%的人，或不擅长学习，或目标不明确，或不知道怎样去实现。10年后，两个群体的差距逐渐拉开：原来在97%范围内的人，除了年龄虚长，在生活、工作及个人成就上，几乎没有太大的起色；而那3%的人，却大都在自己的领域里取得了相当的成绩，他们10年前拟定的目标，都不同程度地得以实现。

这不由得让我联想起，小时候父亲教我用气枪打靶的一些技巧：三点一线，屏住呼吸，有意瞄准，无意扣击。如果将人生目标比作靶心，那善于学习，就能掌握高超的射击技能，而打中靶心就代表成功。很简单的道理，光有靶标没有任何意义，而拿着枪漫无目的地乱射击，只是徒费弹药而已。通过科学、合理、高效的练习（学习），提升射击技艺，并准确命中各类靶心，才是成功的应有之义。

打枪靶易，而实现人生各种目标难，征服它的，永远只属于那会学习、有目标的3%。

不要坐等奇迹的发生，而要通过不懈的坚持去创造它。

最遥远的距离是0.1%

□徐如林

记忆“消失”的服务员

20世纪20年代的某一天，布卢玛·蔡加尼克来到一家咖啡馆，和她的导师库尔特·勒温一起喝茶。作为心理学系的师生，他们饶有兴致地观察起服务员和顾客，并发现一种奇怪的现象——当顾客示意结账的时候，服务员会记起顾客点过哪些食物；一旦顾客结完账，过段时间再次询问的时候，服务员回忆顾客点过的食物就变得十分费力。似乎结账行为一结束，服务员对顾客所点食物的记忆就消失了。

蔡加尼克决定用实验来验证这一现象。她邀请参与者完成22项简单的任务，包括写诗、拼图、做数学题等，完成每项任务所需要的时间基本相同。这些任务只有一半被允许做完，另一半在没有做完时就被阻止，任务出现的顺序是随机排列的。做完实验后，在事前不告知的情况下，蔡加尼克立刻让参与者回忆自己做了哪些任务。结果显示，在22项任务中，未完成的任务参与者平均可回忆起68%，而已完成的只能回忆起43%。

从实验可以看出，人们对尚未处理完的事情比已处理完的事情印象更加深刻。这一现象以蔡加尼克的名字命名。

想尽办法留住你

在日常生活中，“蔡加尼克效应”催生的产品设计和营销策略随处可见。

有些茶饮品牌会推出集点卡，累积一定的消费次数可以免费换一杯饮料或者其他礼品。相比打折、团购而言，点数回馈成本可控，能培养消费者的忠诚度。但是在实际应用中，集点卡带来的吸引力在逐渐下降，新的营销策略产生——在集点卡上事先提供一定量的点数。

美国哥伦比亚大学商学院的研究团队做过一个实验。他们在一家咖啡馆向顾客随机发放10个格子的空白集点卡和事先敲上2个章的12格集点卡。结果发现，拿到10格集点卡的顾客集齐10个章的平均时间为15.6天，而拿到12格集点卡的顾客集齐剩下10个章的平均时间为12.7天。也就是说，多出的2个奖励章人为地为顾客开启了这项集点活动，由此产生的精神焦虑会成为顾客的消费动力，促使他们更快地完成目标。

某些购物App也有类似的应用。用户在首次使用时会被引导到活动页面，看到一个完成了一半的进度条，被提醒还差一点即可提现，只要邀请一定数量的好友下载App就可以涨进度。但越接近目标，进度涨得越慢，最后的0.1%甚至要邀请几十个好友才能完成。

这也是商家利用了用户的焦虑，驱使用户挖掘自己的人脉，用较低的成本换取用户增量的手段。

如何避免被“套路”

你需要理性地思考：为了1杯免费饮料，有没有必要去买前面的10杯？为了进度条的0.1%，有没有必要再去消耗自己的人脉？理性思考并不意味着放弃消费，在经济承受能力范围内，你当然可以为快乐买单。

此外，“蔡加尼克效应”并不只是商人们赚钱的手段，还是克服拖延症的有效策略。如果你不想打扫整个房间，那就试着先倒垃圾。在这个过程中你发现垃圾不少，可能就有意愿打扫了。只要“敲上第一个章”，小小的成功不断积累，再困难的任务也能轻松完成。

世间事，没有随随便便的成功，也难有轻轻松松的捷径。

不可惜力

□张燕峰

我的初中学校离家20里，回家必须经过一个陡坡，更糟糕的是，陡坡两侧都是深沟，里面长满了各种杂草，夏天蓄满了浑浊的泥水，冬天则积满了厚厚的落雪。

放寒假的那天，我起床后胡乱地洗了一把脸，将收拾好的行李捆绑在自行车后座上，连早饭也没有吃，就匆匆上路了。令我始料未及的是，刚走了半小时，就起了风，强劲的西北风呼呼地从我耳畔刮过。我奋力蹬车，但仍然寸步难行。

很快，我就气喘吁吁了，只好下车步行一会儿，风势变小时再争分夺秒地骑行一段。就这样走走停停，停停走走，两个小时过去了，我才走了一半的路。

前面就是那个让人望而生畏的陡坡，此刻饥肠辘辘的我如临大敌，站在坡底，无助地向上看着，头脑中幻想着有神仙从天而降，助我一臂之力，让我轻松到达坡顶。就在我踟蹰不前的时候，身后传来一阵“突突突”的声音，回头一看，原来是一辆拖拉机。

我心中暗喜，因为我早就看到过，骑车的伙伴在拖拉机擦身而过的瞬间，伸出左手牢牢抓住拖斗的边沿，右手稳稳地握住车把，被拖拉机带着走一段路，省力得很。

我想，何不效仿伙伴们的做法，这样就可以毫不费力地爬上这座大坡了。眼看着拖拉机吐着黑烟越来越近，我得意地笑出了声，跨上车开始吃力地蹬着。就在拖拉机从我身边经过的时候，我的左手松开车把，向左前方伸去，顺利地抓住了拖斗的边缘。我不用出什么力，拖拉机就带着我向坡上爬去。我大口地喘气，一股冷冽的空气被吸入肺中，浑身的燥热顿时荡然无存，我无比舒爽地微微仰着头。

爬到一半的时候，行驶中的拖拉机猛然右拐，而且速度明显降了下来。不好！我赶紧松开左手，双手努力掌控车把。没承想，自行车因为惯性失控地向上驶去，而

向上的路已经变得很窄，我既要躲避拖拉机的车轮，又要与右面的深沟保持距离。

我手忙脚乱，大脑已是一片空白。毫无悬念，我重重地跌入深沟，自行车压在我的右腿上，车把狠狠地戳在我的胸脯上。

“哎哟”，我痛苦地呻吟着，用力推开压在身上的自行车，挣扎着爬起来，站在深及膝盖的积雪中，尽管戴着厚厚的棉手套，双手依然感到刺痛，原来是蒺藜的尖刺在作祟。我忍着疼把它们拔了出来，又使出全身的力气把自行车推到坡上，然后手脚并用爬上坡来。

我身上沾满了雪粒，缀满了蒺藜的尖刺，裤脚还撕了一个大口子。再看自行车，龙头歪了，链条也掉下来了。我一面大声地咒骂那个狠心的司机，一面呜呜咽咽地扭龙头，上链条。

好不容易回到家里，我禁不住号啕大哭。填饱肚子后，我告诉了爸爸这件事，原以为爸爸会给我一些安慰，至少跟我一样谴责那个司机。

没有想到爸爸竟然笑了：“孩子，你不要怨恨人家，相反，要感谢那位司机，是他给你上了重要的一课。”

见我迷惑不解，爸爸收敛了笑意：“孩子，凡事不可惜力。无论做什么事，该做的功课必须做够，该下的力气必须下够，这样无论成功与否，你都能心安理得。如果你偷了奸耍了滑，走了捷径惜了力，总是要付出代价的。行路如此，其他事莫不如此。”顿时，如同醍醐灌顶，我一下子听懂了爸爸的话。说也奇怪，我身上的痛似乎减轻了，心里的怨恨也烟消云散了，还充满对那位司机的感激和敬意。

从此，“不可惜力”这句话像烙印一样深深地刻在我的心扉上。每当我萌生走捷径的愚蠢想法时，父亲的话就响彻耳畔，鞭策着我始终坚定地走在一条不遗余力的人生道路上。

不要在焦虑不安中，颓废当下。

大象的路标

□李雪峰

在荒凉的非洲大草原上，有许多野象群。那些大象经常穿越沼泽地，却很少有陷进沼泽里的。

人们很奇怪，这些沼泽地是狼和斑马等许多动物的葬身之地，大象这般的庞然大物怎么会如履平地呢？经过多次的探索和研究，人们发现，原来大象们经过这些可怕的沼泽地时，有自己的“路标”。

这些路标就是沼泽地上的小树丛。大象穿越沼泽地时都会沿着这些树丛走，并且用它们有力的鼻子，将树丛一边的树枝和叶子一点点折断和摘掉。每群大象都这样，所以天长日久，危险的沼泽地上就有这样一种现象：有一行横穿沼泽地的树丛，它们往往一边枝叶茂盛，而另一边则光秃秃的，几乎没有任何树枝和树叶。沿着这样的树丛走，就会避开许多险境丛生的可怕泥潭，平平安安地走过漫漫沼泽地。

更令人钦佩不已的是，每一群大象都会小心翼翼地维持这种路标，没有一群大象因为自己的行色匆匆或只是偶尔经过，就放弃这种维持路标的烦琐义务。

生命平安的保障，是无论我们是否经常经过，都不放弃维护通道的那种责任。坚守这种责任，即使我们沉重如大象，也会如履平地地经过种种生命的沼泽；放弃这种义务，即使我们轻捷如小鹿，也肯定会深陷于泥淖而不能自拔。

心有所向，能过万重山。

不要心理设限

□任万杰

科学家从没有停止对光的研究。一开始大家都认为光的速度是无极限的，但自从17世纪伽利略在《关于两门新科学的对话》一书中指出，光速是有限的，一时间，如何测出光速成为众多科学家研究的方向。但光速太快了，许多科学家认为根本测不出来。

法国物理学家阿曼德·斐索也把注意力放在了测量光速上，可忙碌了8年多，还是没有测出来。很多科学家都放弃了，只有斐索还在孜孜不倦地继续研究。

好友找到斐索，对他说："光速根本测不出来，你不如和我一起研究电磁吧。"斐索说："不，光速一定能测出来，只是方法不对。"

好友不住地摇头说："这绝不可能，光速太快了，现在的设备根本无法捕捉，又怎么能测出来呢？"斐索却坚信可以。

斐索研究到第10个年头的时候，终于想到了办法。他发现如果齿轮不转，光线照射到齿轮后面的反射镜，就会通过相同的齿缝原路反射回来。而当齿轮转动，达到一定的速度，那个齿缝转回到原来的位置时，光线依然会原路返回；如果齿缝没有回到原点，光线就不会原路返回。

因此斐索发现，只需要知道齿轮的转速、齿数、观察者到反射镜的距离，就可以计算出光速。就这样，斐索成功测出光速。

每个人的极限和视野都不同，不要因为自己心中装满不可能，就去否定别人的能力和眼界。

合理安排时间，就等于节约时间。

惜时“神器”

□流念珠

《淮南子》中记载：“圣人不贵尺之璧，而重寸之阴。”东晋陶渊明也写了一首惜时诗：“盛年不重来，一日难再晨。及时当勉励，岁月不待人。”唐末王贞白更有“一寸光阴一寸金”的妙喻。历数古今中外有大建树者，无一不惜时如金。

北宋政治家、文学家司马光从小读书就刻苦勤奋，但他觉得自己背课文时记忆力不如别人，便每天读书到很晚才睡觉，这导致他常常错过第二天的晨读。有一天，司马光看见后院有一段圆木头，便灵机一动，将圆木擦干净后放在床上当枕头，还美其名曰“警枕”。他每天枕着这个警枕睡觉，只要一翻身，头就会从警枕上滑落下来，人也就惊醒了。此后，他天天早起读书，坚持不懈，后来成为学识渊博的大文豪。

我国伟大的思想家和文学家鲁迅先生也惜时如命，他的卧室兼书房里曾挂着一副独特的“对联”——“望崦嵫而勿迫，恐鹈鴂之先鸣”。这副对联其实是从战国时期楚国诗人屈原写的两句诗，“吾令羲和弭节兮，望崦嵫而勿迫”与“恐鹈鴂之先鸣兮，使夫百草为之不芳”中摘录合成的，意思是：日落紧迫，勿让时光匆匆流逝；怕鹈鴂一旦开叫，迎春盛开的百花就要凋零。鲁迅取此二句诗的目的，自然是鞭策自己珍惜时间。

工人运动的杰出领袖邓中夏，在北京大学读书时，给自己规定了严格的学习时间。当时，有些人经常来找邓中夏天南海北地胡扯。为不受他人干扰，邓中夏干脆写了张“五分钟谈话”的纸条贴在书桌上作为提醒。来访的客人看到这张字条后，如无重要事情，便会马上告辞。有的访客甚至从他那儿得到启迪，也抓紧时间读书，不再虚度年华。这张“五分钟谈话”的纸条，不仅让邓中夏赢得了宝贵的时间，还教育了喜欢闲聊的人，真是一举两得。

国学大师季羡林进入晚年之后，每天4点就起床写作，一直写到7点再去上班。那时，北京大学有个成语叫“闻‘季’起舞”，说的就是季老每天起得比鸡都早的故事。不过，季羡林也有苦恼，比如因为参加各种各样的会议，导致他没有时间创作。还好季羡林自有妙计——每当参加不那么重要的会议时，他会只用一只耳朵听会，当别人鼓掌的时候，他也跟着鼓掌，但在一次又一次的掌声中，一篇短文或一段文章内容已在他心里有了雏形。后来，参加会议的次数少了，季羡林反而怀念起那段天天开会的时光，因为他认为写作好比演戏，“进入角色需要特定的环境”。

端木蕻良是我国现代著名作家。20世纪40年代，他在桂林居住时，一心沉醉于文学创作，可是每天的访客很多。为不影响创作，他作诗一首贴在居室门外：“女儿心上想情郎，日写花笺十万行。月上枝头方得息，梦魂又欲到西厢。”乍看此诗，似在倾诉儿女情长，实际上，这是端木蕻良用一种幽默婉转的方式暗示造访者——自己忙于创作，不便见客。上门拜访的多是文人，看了此诗便心领神会，自觉地折身而返。后来，端木蕻良的这首诗被誉为真诚绝妙的“杜门诗”，即用以表明自己闭门谢客的诗。

司马光的“圆木警枕”，鲁迅的“鞭策对联”，邓中夏的“五分钟谈话”纸条，季羡林的“双耳神功”，端木蕻良的“杜门诗”，名人的这些惜时“神器”一个比一个妙，他们从时光缝隙里抠出更多时间做学问，进而取得了伟大成就。

今天所做之事勿候明天，自己所做之事勿候他人。

我们能把《庄子》当成生活指南吗

□苗　炜

明代一位学者说，“余弱冠时，所遭多变”，关起门来读庄子，几个月不出门应酬，而后“不复与家人忤，亦遂不与世人忤”（不再跟家人闹矛盾，也不跟外界闹矛盾）。他说，“一切委顺，萧然至今”，活得泰然了。颜世安老师的《庄子评传》开头就讲“痛苦意识”，人的苦难是找不到最终根源的，如果感觉世道黑暗，恐怕有两个原因，要么是统治者的罪恶，要么是人的争利之心。人生在世总是追逐富贵名利，这导致精神痛苦，也难免与别人发生摩擦，这是人无法摆脱的宿命。颜老师提醒我们注意，庄子对人的道德估值很低，人的内心有不可遏制的阴险诡诈。

庄子的意思是，只要你认真看待生命，就知道人生在世非常苦。人心中的恶是无边的。那怎么办呢？庄子给出的一个办法是“游世”。我们都熟悉庄子的《庖丁解牛》，颜世安分析说，这篇讲的是在夹缝中求生存，是庄子阐释的“游世”思想。庄子不太赞赏隐士的行为，而强调“无用”的价值，说要在乱世中自保，可能需要点儿“混子”的精神。庄子游世思想的一个重要特点是，贯彻一种彻底的游戏姿态，对世事不必认真，并且嘲笑那些追求政治目标的人。他对“造化”是不信任的，而且有敌意，他认为人与世界之间找不到稳定的联系。庄子提出的一个概念叫“观化”，既当演员，又要有观众的心态，要不然在人生舞台上演戏会太当真；只当观众也不行，会脱离现实，人也不一定要坚持一副清醒的旁观者姿态。要过世俗生活，但不要抱有什么目的。在庄子的游世思想中，既有轻松化解人生悲苦的温和，也有许多对俗世的嘲讽和敌意。

简单来说，庄子的人生指南有三条：随遇而安、品味孤独和追求生命的清新。说起来也是老生常谈，至于“道”这个东西就更玄虚了。颜老师解释说，“道”，是自然本身的呈现，但又跟日常说的自然世界不是一回事。从认知方式上说，自然本身是不可知的，在庄子的论述中，“道不可知”，以及在“忘我”的状态下，达到对道的真知，是一个核心问题。我们常说的天籁，就是一种对道的真知。庄子的《大宗师》中有一段写道：得道就是逐步忘却的过程，忘了仁义的概念，忘了礼乐的规矩，达到坐忘的境界，离形去知，同于大通，就是“坐忘”。道虽然玄虚，但“天籁”和“坐忘”这两个跟审美体验相关的概念，早就进入了我们的日常生活。

读了颜老师的书，我又下载了一本电子版的《庄子今注今译》，打算重新读两遍，开头的《逍遥游》，我还是很熟悉的——“北冥有鱼，其名为鲲。鲲之大，不知其几千里也。化而为鸟，其名为鹏。鹏之背，不知其几千里也；怒而飞，其翼若垂天之云”。这样的文章太美了。要达到优游自在、无挂无碍的境地，要做到无功、无名，破除自我中心，要做到与天地精神往来，没有这样的文笔可不行，不读这样的大手笔也不行。

快乐读书吧

诸葛亮：“观其大略”读书法

三国时期诸葛亮深通读书之道，不仅好学，而且善学，并因此成就了他的“足智多谋”。

诸葛亮读书常常是“观其大略”。他没有钻进书堆，死记硬背，而是泛读大概，撷取精华，掌握实质。诸葛亮读书也没有到废寝忘食的地步，而是正常地作息，“每晨夜从容，常抱膝长啸”。

后来事实证明，读书务求“精熟”的石广元、徐庶、孟公威等人，只做到刺史、郡守，而读书观其大略、得其精髓的诸葛亮则成为一代贤相。

人生充满“试错”，总好过人生充满“如果”。

可以种植的铅笔

□尹成荣

铅笔也可以像庄稼那样种在土壤里吗？当然可以。有一种特殊的铅笔种在土壤里，不但可以发芽，开出花朵，还可以长出能吃的蔬菜。

它的发明者是三名来自麻省理工学院的学生，他们平时使用铅笔时，铅笔常常会断裂或用到最后只剩下一截铅笔头就无法再使用，不得不扔掉。于是，他们就想将这些废铅笔再利用起来。经过反复实验，最终设计出一个绝妙的方案：在铅笔的笔头部分加了一个可以降解的胶囊，在胶囊里放上容易成活的种子，当铅笔不能再用时，就将铅笔头插入土壤里。过几天，就会发生惊人的一幕：土壤里的铅笔萌发出新芽，然后茁壮成长，开出绚丽的花朵或是结出果实。

发芽的铅笔很快被从事可持续研究工作的迈克尔·斯托斯霍尔姆得知，他找到3位发明者，跟他们合作，买断了这种铅笔的专利和产权。如今全球60多个国家都在卖发芽的铅笔。

后来，克罗地亚女孩玛特雅·库哈进一步挖掘了发芽铅笔的可持续使用潜力。她想：如何把制作铅笔的成本降到最低，原材料不再只用木头，结果会怎样？有一天，她看到奶奶用咖啡渣和茶叶渣给植物施肥，不由得眼前一亮。她在心里盘算起来：既然这些废料可以当肥料，那可以用它们来制作铅笔。于是她就开始做实验，实验证明，她的想法是可行的。玛特雅·库哈将咖啡渣、茶叶渣、枯败的花瓣压缩后制成了铅笔。她在制作过程中发现，30千克咖啡渣可以制成3000支铅笔，在咖啡渣制成的铅笔头部，同样用了可降解胶囊，放入植物种子。当铅笔用到不能再用时，就将它种在土壤里，便会发芽、开花、结果。

玛特雅·库哈发明的铅笔与3位学生的不同之处在于，她是废物再利用，既节约了成本，又更加环保。连铅笔削下的铅笔屑都可以作为肥料，真正实现了从头到尾100%绿色环保。

测测你适合在班级中担任哪项职务

请同学们根据自己的第一感觉选择答案，最后根据选项的数量看看你适合担任什么职务！

1. 班级要组织一次活动，你更愿意做什么？

A. 带领大家一起完成任务　　B. 设计活动的流程和规则

C. 负责表演节目或布置教室　　D. 帮助老师整理资料和记录

2. 你最喜欢哪种课堂任务？

A. 组织小组讨论　　B. 解答难题

C. 制作手工作品或绘画　　D. 整理笔记和作业

3. 如果班级里有人吵架了，你会怎么做？

A. 主动调解，让他们和好　　B. 分析问题，提出解决办法

C. 用幽默的方式化解矛盾　　D. 告诉老师，请老师帮忙解决

4. 你觉得自己最擅长什么？

A. 带领大家完成任务　　B. 解决复杂的问题

C. 创作有趣的作品　　D. 细心整理和记录

5. 你希望自己在班级中是什么样的角色？

A. 大家的领导者　　B. 大家的智囊团

C. 大家的开心果　　D. 大家的小助手

A 最多：班长

你是一个有领导力的孩子！你善于组织和管理，能够带领大家一起完成任务。你适合担任班长，成为班级的核心人物，带领大家共同进步！

B 最多：学习委员

你是一个聪明又细心的孩子！你善于思考和解决问题，能够帮助同学们提高学习成绩。你适合担任学习委员，成为大家的学习小助手！

C 最多：文艺委员

你是一个有创意又有趣的孩子！你擅长表演、绘画或手工，能够为班级活动增添色彩。你适合担任文艺委员，带领大家开展有趣的文艺活动！

D 最多：生活委员

你是一个细心又负责的孩子！你善于整理和记录，能够帮助老师和同学们处理日常事务。你适合担任生活委员，成为班级的小管家！

第三章

坚持一万小时，成为“小专家”

怕什么真理无穷，

进一寸有进一寸的欢喜。

我是“放弃型人格”

我害怕失败，害怕面对困难

我总是习惯性犯懒

我总是贪玩儿，不爱学习

我缺乏自制力，情绪总失控

我擅长为自己的退缩找借口

坏习惯总是改不掉

好习惯常常坚持不了几天

……

画重点

困难是“纸老虎”

当你选择迎难而上、勇往直前

你会发现自己的潜力无极限

最可怕的敌人，就是没有坚定的信念。

改进1%的力量

□陈志宇

英国自行车手自1908年之后，近百年时间内，在竞技比赛中几无建树。2003年，英国职业自行车协会聘请了一位叫戴夫·布雷斯福德的教练。

让所有人犯嘀咕的是，布雷斯福德接手车队后并没有大刀阔斧地改进车手的训练计划，而是一直做一些好像无关紧要的工作。

他聘请外科医生教骑手最佳的洗手方式，为每位队员选配不同的枕头和床垫，将团队卡车内部漆成白色，测试不同的按摩凝胶，重新设计车座……唯独对训练只字不提。

惊人的转变发生在5年后。2008年北京奥运会，英国自行车队在公路自行车项目上取得了金牌；4年后在伦敦奥运会本土作战，他们的成绩再攀高峰，打破了9项奥运会纪录和7项世界纪录。

布雷斯福德究竟做了什么，让英国自行车队接连突破，出尽风头？他说：“从根本上看，我们遵循着这样一条原则，就是把骑自行车的整个环节分解开来，然后把每个分解出来的部分改进1%。当把各部分的改进汇总起来后，你会发现整体水平显著提高了。”

他教骑手洗手方式是为了避免车手感染流行病；选配枕头、床垫，可以保证车手的睡眠舒适度；卡车内部涂成白色，是为了看清灰尘，而灰尘会影响车子的机械调节；按摩凝胶可以使车手训练后的肌肉更快放松；贴合的车座则能使车手更长久地骑行。

所有1%的改进汇总在一起，让英国自行车队整个训练系统焕然一新，从而实现百年未有的突破。

成功的必然之路就是不断地重来一次。

四十厘米的青春

□何梦舒　Adela

体育中考前的那段日子，我感受到了与命运对抗的力量。

立定跳远一米八三是满分。一米八三于我而言是如此遥不可及，我长都长不到啊！看着班里的大高个轻轻一跃就跳出好远，我心里无比羡慕，再看看比我矮一截的同学，蓄力一跳也得了满分，我百思不得其解，怎么只有我跳不到满分呢？

一米八三，大概是一条跑道的宽度加上第二条跑道宽度的一半。刚开始训练时，我怎么跳都只能多出第二条跑道一点点。同学们在空中像一只只轻盈的鸟儿，直接跃出两条跑道外。我向他们请教后，多多少少也有了点心得。课间和体育课，我爬楼梯、高抬腿、蛙跳……我认认真真地训练，从不偷懒。在第一次体育模拟考试中，我跳了一米六。

看到那么多能跳一米七、一米八的同学，我有些紧张。我上初一的时候跳远成绩就是一米六，现在上初三了，练了那么久，还是只有一米六。

我深知勤能补拙的道理，每天中午顶着大太阳去操场上加练，每个周末都在我家楼下练习立定跳远。我还在网上搜索视频，学习立定跳远的技巧以及训练方法。我发现立定跳远需要先撅屁股再顶出去，便兴高采烈地跑到楼下试了试，居然真的从一米六跳到了一米七。我高兴极了，以为自己打开了新世界的大门，但回到学校后成绩又退步到一米六。

第二次体育模拟考试，我还是跳了一米六。我开始怀疑，自己可能天生就不是这块料，所以无论怎么努力都没有用。体育老师也是一副无可奈何的样子。她让我往一米七努努力，就不要想着满分了。我望着她，虽然嘴里连连说着“好”，但心里默默地憋着一股气。

后来，我让妈妈买来沙袋，每天我都绑着沙袋上下楼、跑步、训练。绑上沙袋累多了，但不吃苦，怎么能进步呢？终于，功夫不负有心人。第三次体育模拟考试中，我已经能跳到一米七了。家里人问我：“能跳到满分吗？”我说：“现在还不能，但我一定能跳到。”是的，我有一股没缘由的自信。

体育中考日渐临近，想到自己连一米八都没有突破，我焦虑不已。谁知夏天的暴雨来得猝不及防——体育中考延迟了一个星期。这仿佛是上天在帮助我，于是我更加努力地训练，别人跳10趟台阶，我就跳15趟……

真正到了体育中考的那天，我的心里敲起了小鼓。前面的同学“嗖嗖嗖”地跳了过去。轮到我时，我双臂向上一摆，伸展开身体，又向下一摆，手臂使劲抬高，感觉差不多的时候奋力一跃，跳了出去。

“嘀——”仪器响了起来，“违规。”违规？旁边的老师让我回到原点，说还有一次机会。我刚才预备的时候虽然没有踩线，但是脚尖踮起来的时候踩线了。监考老师让我先试一下，踮起脚尖，看有没有踩线。调整好位置，我深深地吸了一口气，奋力跳了出去！机器声又响了起来：“一米九一。”“什么？”半蹲在地上的我“唰”地站起来，猛地回头，指着自己向周围的老师询问：“我跳了一米九一？”他们笑着点头。“我跳了一米九一！”我欢呼着。排在后面的同学鼓着掌说：“好厉害！”我拱着手，龇着牙笑了：“谢谢，谢谢！”

中考的时候，我的立定跳远跳了一米九一。这件事，我能吹一辈子！

快乐读书吧

董仲舒三年苦读不窥园

董仲舒好读书，专心攻读，孜孜不倦。他的书房后面虽然有一座景色别致的花园，但是他专心致志读书学习，三年时间里都没有进园观赏过一次。董仲舒如此专心致志地钻研学问，终于成为西汉著名的思想家。

别让一个名次框住你的星辰大海。

成长的裂谷

□与　芒

01

迈入初中后，表哥成了我的噩梦。

我与表哥同年级同班级，表哥常年考第一，我总是第二。

排行榜上我与表哥的距离很近，可我们的分数却有着断层的差距。每次月考放榜时，大家都会讨论这次第一、第二差多少分。我从来不去看排行榜，因为我无法面对这潜在的压力。裂谷般的分数距离一次又一次击溃了我。最终我决定不要再做第二了。

我不再埋头读书，不再为自己薄如蝉翼的骄傲复习到深夜。后来，很多人在第二的位置待过。

表哥在第一的位置上霸占了两年，终于他要离开了，市重点高中来招生了。我知道，他一定能上的。

我们班有两个培训名额，表哥占一个，我和另外一个女生竞争剩余的那个。我自认为自己的成绩一直比那个女生好，所以，我想当然地认为，这个名额肯定是我的。但当老师宣布结果的那一瞬间，我的笑容凝固在脸上，我落选了。

老师认为，她的发挥比我稳定，所以她比我更合适。

从彻底放纵自己、不想做第二后，我的成绩下滑很多，有时在第三，有时在前十名之外，而那个女生一直维持在第七的水平，所以，老师这么选择，我也可以理解。

我开始后悔了，在心里偷偷地想，如果我还是第二，是不是就可以在和她的竞争中不战而胜了呢？那一刻，我彻底意识到，任性妄为的代价来了。

02

表哥离开了，他不再是我的噩梦。可我没能变成第一，就连第二的位置都回不去了。我的功课落下太多，在尽全力的情况下，成绩也只能在前十徘徊。

我突然想通了，其实我只是在和自己较劲罢了。曾经看到过这样一句话：“愤怒来源于自身能力的不足。”

表哥没有错，错的是我。我太过在意我们之间分数的差距，被这自以为的压力压得喘不过气，而选择了逃离。其实，我忘记用另一种更实际的办法去解决问题——提升自己的能力来赶超他。

就这样，差距变成裂谷，裂谷化为悬崖，我跌落悬崖。

为了回到第二的位置，我变回了从前的自己，那个和表哥较劲的自己。每天五点起来背英语，晚上回家继续复习，直到夜深人静。我见证了自己从第十名爬到第二名的艰苦岁月，但我仍然不满足，我想要第一。

我不再耻于去看排行榜，也不再讨厌被人询问“怎么这次还是第二”。当被人问到的时候，我不再逃走，而是坦然回答“技不如人，下次加油”。

我与“第一”的差距从50分、40分、30分、20分、10分，最后变成0分，我成了第一。变成第一后，我并没有懈怠，而是把每次考试的分数放在一起进行对比。我和表哥间的比赛永远不会结束，因为我知道，只有这样，我才能一直蓬勃地向上生长，才不会重蹈覆辙。

03

时间是治愈一切的良药，也推动我们成长。悬崖变成裂谷，裂谷化为土地，土地上长出花和草。

新年见到表哥时，我心悦诚服地对他说了一句“恭喜”。表哥神秘一笑，拉着我去了他的房间。雪白的墙上贴着一张又一张排分表，只有最后一张上第一和第二的位置被标记了红线。表哥开心得像个小孩子，指着最后一张纸说：“就是那次，我终于超过你啦！”

那是初一的分班排分表。原来表哥有过与我同样的岁月。只是，在他那里，裂谷没有变成悬崖，反而开出了一朵又一朵美丽的花。

在你快坚持不住的时候，
困难也快坚持不住了。

鞋里的小石子

□班　超

汤姆和他的老师德怀尔横穿森林，走着走着，德怀尔突然坐到一块大岩石上，脱下鞋。“我的鞋里进了一块小石子。”他解释道。

“可您停下来干吗？我鞋里也进石子了，我们根本就没时间停下，请您别再拖慢我们的速度了！”“汤姆，我停下来非但不会拖慢我们，反而能为我们节省时间，避免前方道路上可能产生的疼痛。”

汤姆对老师的话不屑一顾，把那“固执”的老头远远地落在身后，任其处理那“无关紧要”的小石子。

大约20分钟后，汤姆惊奇地发现老师竟然追上他了。

“汤姆，你一瘸一拐的，为什么不停下来把石子取出来？”老师问。“因为我没有时间！”汤姆重申他的理由。

师生二人又向前走了一段路。尽管汤姆尽了最大努力，却不得不放下全部骄傲，因为他发觉脚的疼痛明显开始拖慢速度了。于是，他坐到一根大木头上，想把鞋里的石子取出来。当他脱下鞋时，发现袜子上已经血迹斑斑了。

“知道这说明了什么吗？遇到问题要立刻处理！可能你认为自己没那个时间，但如果你带着硌脚的小石子走太远的路，你的速度会变得越来越慢，脚也会很疼。”德怀尔一点儿也不同情他的学生。

生活，是一双遍布硌人小石子的鞋。各种看起来不值一提的小问题，却一点点影响着我们的正常步调。现在，请立刻着手处理它们。

凡在小事上对真理持轻率态度的人，在大事上也是不可信任的。

简单的“难题”

□五　一

薛凤祚是清初著名的天文学家、数学家，他学识渊博，涉猎广泛，天文、数学、地理、水利、兵法、医药、乐律，无不通晓。薛凤祚出身于书香门第，少承家学，后来离开家乡远游，开始学习中国传统的天文历算方法。

薛凤祚与众师兄弟同吃同住，一起交流，一起玩耍，日子过得轻松愉快。转眼间，他们已经在师父家里住了将近一个月。这日，师父把他们叫到身边，问了一个问题。这个问题很简单，对于读过书的孩子来说没有丝毫难度。但遗憾的是，没有一个人给出正确答案。

这件事带给薛凤祚很大的震撼。在此之前，他一直觉得自己很优秀，从来没有意识到自己学习能力上的缺陷。后来，薛凤祚端正态度，对待学习更加认真、细致、用功，虚心向不同的老师求教，潜心钻研。最终，他集众师之长，成为学贯中西、以历算闻名的天文学家。

晚年时，每次与求学的晚辈交流，薛凤祚总是提出当年师父问他的那个问题：“门口的台阶一共有多少级？”这是一个很简单的问题，但如同多年前他面临这个问题时一样，晚辈面面相觑，眼神茫然，没有人能回答出来。

薛凤祚看着晚辈说：“门口的台阶有多少级，如果你们去数一下，一分钟就能知道答案。关键在于，你们根本没有留意到这个问题。所以，台阶就在那里，可即使再过50年，你们也不会知道答案。”

再难的问题，如果留心了，就有解决的机会，从而变得简单；而再简单的问题，如果不留心，视若无睹，那么就会变成一道困住所有人的“难题”。

发明家全靠一股了不起的信心支持，才有勇气在不可知的天地间前进。

正式被确认为“野孩子”

□宋　爽

真性情

看一个人有没有野性，在很大程度上就是看这个人是不是有真性情。所谓“从心所欲而不逾矩”，真性情同样需要“发乎情，止乎礼”。在合理的范围内，一个人可以做真实的自己而无须有愧疚之心，这绝对是一种令人羡慕的活法。这样的人，既可以活得大开大合，也可以活得谨小慎微，但唯独不会活成“别人眼里的我”。

不“宅”

“野孩子”鲜有不爱出门的，他们热爱的生活总在房门之外。虽然不见得是户外达人，但他们总觉得，外面的世界很精彩。不论是在世界另一头的尼罗河畔还是咫尺之遥的村头水沟，“野孩子”总能找到心安之处。

不需要安全感

这句话的完整版是：不需要安全感，才是自由。对野性难驯的人来说，他们的安全感并非全然没有，而是存于心中。他们的内心强大而坚固，很难随着他人的言语、环境的变化而起伏。在这些人眼中，世界是一个巨大的游乐场，是他们能得到快乐的地方。“野孩子”是实实在在的乐观主义者，靠自己提供多巴胺。

随波逐流？不

野性之美在很大程度上可以被看作一种不妥协、不追随的美。它可以是出格的，但绝不是被规训出来的。所以，一个“野孩子”很难对潮流顶礼膜拜，在“野孩子”的眼中，盲目地追随潮流是缺乏自信的有力证明，让自己舒服才是上策。

变形虫

“野孩子”具备易于适应环境的能力。他们不惧怕周遭世界的变化，也不会因为转学、换工作、去外地生活而苦恼或自卑。他们深信自己走到哪儿都能闯出一片天地。这类人天生对自己有一种奇特的笃定感，他们总是相信：面包会有的，一切都会有的。

童心未泯

“野孩子”一定是充满童心的。他们不会因为年龄的增长而变得世俗，而是始终对那些看起来没用的事情有着旺盛的好奇心。他们可以在一群蚂蚁的身上找到心灵的慰藉，也可以在60岁的时候和孙子一起看《猫和老鼠》，但这并不妨碍他们是有担当的成年人。他们虽然躯体爬满皱纹，但心灵仍如婴儿时期那般稚嫩。

强大的内心

说到底，“野孩子”是一群有着强大心脏的人。这样的人并不多见，但一旦见过，就让人过目不忘。他们经历过的挫折并不少，甚至经常要为自己的“野性”买单，但总的来说，他们很难被生活打倒在地。毕竟，内心的强大无论是与生俱来还是后天习得，都难能可贵，而这种品质总能让“野孩子”走得更远。

好动与不满足是进步的第一必需品。

5分钟的选择

□乔凯凯

奥尼尔出身于演员家庭，从小就跟随父亲到各地演出，走遍了全国的大城市。成年后，奥尼尔到南美洲、非洲各地流浪，做过水手、小职员，也当过无业游民。

有一段时间，奥尼尔在商船上当海员。海上的生活是他从未体验过的，带给他很多灵感，几乎每天都会有大量的想法在他的脑海中涌现。这天，商船在一个港口靠岸，奥尼尔无事可做，同一个伙伴在甲板上看风景。伙伴与奥尼尔一样，也是第一次当海员，经常因各种新奇的景象而尖叫连连。此刻，他们看到贩卖各种商品的小贩在码头走来走去，展示各种兜售技巧，或强硬或示弱，或严肃或搞笑，还有两三个人配合，共同在路人面前演戏……奥尼尔与伙伴直呼大开眼界。

“我突然有很多想法，也许等商船到达港口的时候，我们可以利用休息的时间去贩卖一些商品，就像这些小贩一样。或者我们可以揭穿这些小贩的戏码，避免顾客受骗，然后收取一些费用。当然，具体怎么操作我还没有想好，但我觉得我们应该记下来，万一日后有用呢？”奥尼尔越说越兴奋。

伙伴也非常兴奋，觉得这一切很有趣。但很快伙伴就平静下来，换了一个更舒服的坐姿，他看着奥尼尔说：“你知道吗？科学家有一项研究，一般来说，新的想法产生5分钟后，就会从你的头脑中消失。”“你说得对，我就经常有这种感受。”奥尼尔连连点头。与此同时，他匆忙起身离开，一边走一边自语道：“对，我得赶紧行动，把这些想法记下来，否则一会儿就找不到了。”

事实证明，奥尼尔的行动没有白费，他及时记录下来的各种奇思妙想为他的文学创作提供了珍贵的素材，此后他得以写出一系列优秀的作品。而伙伴当时冒出的各种想法早就被丢到九霄云外去了，没有留下任何痕迹。

如果一种东西出现5分钟后就会消失，那么，这5分钟内你会做何选择？有人觉得时间太短，不愿徒劳；而有人觉得越是易逝，越要及时行动起来。两种不同的选择，决定了两种不同的人生。

大路走尽还有小路，只要不停地走，就有数不尽的风光。

人们只记住了我用胶带粘石墨烯

□任万杰

1947年，菲利普·华莱士计算出石墨烯中电子运动的情况。很多科学家意识到，可以分离出单层石墨烯，这样有利于测量其中的电子运动状况，从而应用到电池上，让充电迅速完成。

可是要得到单层石墨烯谈何容易，很多科学家为此研究了一生，也没有得到。从此，得到单层石墨烯成为科学难题。

一直到安德烈·海姆的出现，这一难题才得以解决。他首先想到切割法，但是无论怎么切割石墨烯，通过显微镜观察，石墨烯也会达到上万层。他又想到研磨法，虽然石墨烯层数少了，但是也达到上千层。安德烈·海姆又想到很多办法，可是石墨烯最少也有几百层。就这样，安德烈·海姆花费了15年时间，用了上百吨石墨烯，可什么也没得到。

朋友都劝安德烈·海姆放弃，但安德烈·海姆不为所动，他坚信自己会成功，只是方法不对。有一次上课的时候，他看到有的学生在纸上写错了题，就用胶带把字粘掉。安德烈·海姆眼前一亮，他心想：能不能用胶带粘石墨烯？想到这里，安德烈·海姆立刻动手，反复用胶带粘石墨烯，多层石墨烯被第一层胶带粘走，然后用第二层胶带粘第一层胶带，石墨烯变薄了，再用第三层胶带粘第二层……以此类推，他最终得到单层石墨烯。

因为得到单层石墨烯，安德烈·海姆获得了2010年诺贝尔物理学奖。大家认为安德烈·海姆用胶带粘石墨烯得诺贝尔奖，是最简单的获奖。面对采访时，安德烈·海姆感叹地说：“人们只记住了我用胶带粘石墨烯，而忘了我为此用了16年时间和上百吨石墨烯！”

坚持是梦想的底色，没有坚持，梦想只能是空中楼阁。

天才不行，天天才行 □任万杰

帕布罗·德·萨拉萨蒂是西班牙著名小提琴家、作曲家。

萨拉萨蒂10岁就登台演奏，1856年进入巴黎音乐学院深造，从巴黎音乐学院毕业后，在欧美各地巡回演出并大受欢迎，其演奏技艺精湛，琴音甜美纯净，因而被人称为“帕格尼尼再世”。

大家对萨拉萨蒂的评价都是“天才”，可萨拉萨蒂每次都会极力纠正说：“请不要这样报道我，我不是天才。”大家都认为萨拉萨蒂是自谦，有记者问：“您取得如此高的成就，除了天才，谁能做到呢？”

萨拉萨蒂说：“天才不行，天天才行。”

记者不明白，萨拉萨蒂解释道：“我早上一般都是5点起床，每天都要练习将近14个小时，30多年来从没间断过，而大家却把我的成就归功于天才，这会让很多人放弃小提琴。天天努力和付出，要比虚无缥缈的‘天才’来得更可靠。”

脚步铿锵，永无止境，追逐热爱，生生不息。

想象过程还是结果 □万维钢

加州大学早年做过一个实验，研究的是想象的作用。

研究人员把学生分成三组。第一组叫结果组，每天想象自己取得好成绩之后，四处撒欢，享受掌声的样子。第二组叫过程组，经常想象自己的准备过程，想象平时都是怎么复习的，下了多少功夫，考前怎么备考，等等。第三组是空白组，也就是不做任何约束，自由想象。结果，在这三组人中，考试成绩最好的是过程组。

想象结果，是精神欺骗；想象过程，是模拟训练。

等待润泽生命的水，未尝不是人生的一种生存智慧。

沉睡摇蚊的生存智慧

□一念清凉

生活在非洲地区的动物们总是因饥渴难耐，一再跋涉在寻找水源的迁徙之路上，除了一种名叫沉睡摇蚊的生物。

一位动物学家打算测试一下沉睡摇蚊的耐渴极限，他把沉睡摇蚊放置在一个几乎没有水分的空间中。当沉睡摇蚊体内的水分降到3% 以下时，它开始一动不动了，动物学家以为这就是它的极限。可就在此时，他不小心将一点唾液落到沉睡摇蚊的“尸体”上，几秒钟后，它又出人意料地恢复了活力。

经过进一步研究，人们发现沉睡摇蚊有一种特殊本领，当身体内的含水量降到极限后它会进入休眠状态，身体对水分和能量的需求为零。它会用这种状态等待水分降临的那一刻，然后让生命重新焕发生机。

善良不是要求别人做什么，而是告诉自己应该做什么。

不要用善良要挟人

□张君燕

有一次，乔治告诉父亲，下午他和伙伴托尼一起去公园玩，看到一名流浪汉蜷缩在角落里。乔治起了怜悯之心，但自己没有带钱，便对托尼说：“你口袋里不是有一元钱吗？我们去买个面包给流浪汉吃吧。”托尼捂着口袋，连连摇头。乔治生气地说：“你怎么一点同情心都没有？人应该学着做好事，不应该只想着自己。”乔治的话让托尼脸红了，虽然他有点不情愿，但还是掏出口袋里的钱给流浪汉买了面包。

讲完后，乔治仰起脸等待父亲的夸赞。父亲却摇摇头说：“我觉得这并不是真正的善良。如果你想做善事，就应该拿出自己的钱去给流浪汉买食物，而不是用善良的名义要挟托尼去做。”

不仅天赋能让一个人闪闪发光，努力也能。

想当“网红”的小孩，被足球改变

□马　拓

小安是一名留守儿童，在三年级时就立志要当“网红”。日常用来和爸妈联络的手机就是小安用来刷视频的工具。

一天，一批北京的民警来到小安所在的学校支教，有人当足球教练，有人当英语老师。教练问谁喜欢踢足球，全校响应的人寥寥无几。教练开始自己选，看小安体格还不错，就邀请他加入将要成立的足球队。小安想，在学校里反正也玩不了手机，踢球就踢球呗，就当打发时间了。

于是这所建在菜地中间的学校有了第一支足球队。孩子们周一到周四晚上有两个小时的训练，训练强度大，但气氛很好，他们把以往在山间撒欢儿的精力都释放到球场上，高兴得忘乎所以。

但足球学起来并非易事。孩子们都是瞎踢，不会传也不会过人，更无视各种规则。教练手把手地教，告诉他们什么是边线，什么是罚球点，怎样叫越位，怎样叫拉扯犯规。教练还教了他们各种战术，比如交叉换位、长传突破、全攻全守等。

与此同时，一批批训练物资也陆续送达学校，孩子们穿上了带钉子的足球鞋和荧光色的球衣，守门员还有了看起来特别唬人的橡胶手套。队员们全副武装，足球运动员的派头更足了！

自那以后，每到训练的时候，操场边就会挤满看热闹的同学，甚至远处坑坑洼洼的小山包上，也不时有村民驻足观看。大家都很好奇，在这片粮食都很难种出来的荒土地上，少年们能把足球踢成啥样。

小安的成绩向来一般，爸妈又不在身边，要他自主学习是很难的，回家他宁可帮着爷爷打理菜地，也不愿意翻开书。但踢球不一样，有手机之前，他也和村里的小伙伴踢过，但那顶多叫拿球玩游戏，一群傻小子疯跑、疯闹、瞎起哄。现在靠踢足球混入了“正规军”，小安想想就觉得自己跟中奖了一样。

但教练有时候也含糊，因为他们也都不是专业的。有时给孩子们讲到一半，他们还会掏出手机看看攻略或者比赛视频集锦。“你们等会儿啊，我觉得我刚才说的不太对……”孩子们嘻嘻哈哈地聚过来跟教练一起看，有的还照猫画虎地比画：“这么过人我也行啊。”

后来回了家，小安也开始研究足球，看各种讲解和比赛视频，有时候还为了看实况转播到邻居家蹭网。他是踢前锋的，竞争压力很大，“王冠”太重，可得保护好了。在学校里，宿舍熄灯前有一个小时的洗漱时间，他还会在这时候去敲教练的房门偷师学艺，结果每次去都发现被别人捷足先登了。

好家伙，这就“卷”上了！

慢慢地，学校里有了三支男子足球队和一支女子足球队。队员们参加了县里举办的足球联赛，又去市里踢比赛，成绩斐然。有几个高年级孩子入选了县足球队，还坐飞机到北京参加比赛，拿了名次。后来，有几个毕业班的孩子被市重点中学以特长生的身份招走，还有几个孩子进了县重点中学。小安看得眼热，于是练得更投入了。

后来，小安终于如愿以偿，以足球特长生的身份进了县重点中学。

他兴致勃勃地跟我比画：“教练说，成绩突出的，有机会去英国曼联观摩学习呢。”我羡慕地说：“我长这么大都没出过国呢。”

“那你还想当‘网红’吗？”我问他。

“嘿嘿，你说呢！”

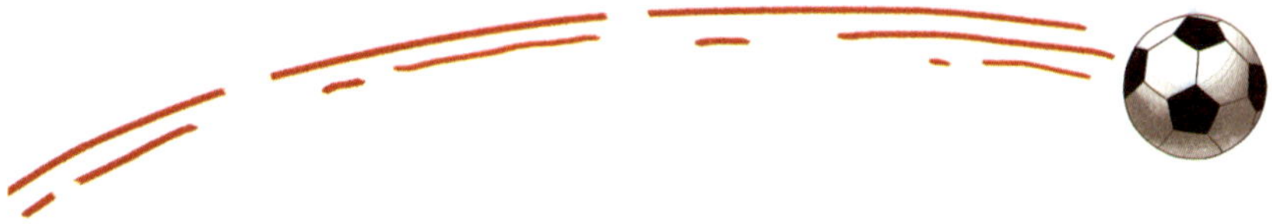

再微小的努力，乘以365也会了不起。

稳如老鸭

□刘志坚

走路时摇摇晃晃的鸭子，似乎与“稳”字毫不沾边。可是，在“摩羯”台风中，有一群湛江的鸭子，却在连电线杆、大树都能刮倒的11级狂风里，稳稳站立，创造了一个网络新词——“稳如老鸭”。

老鸭之稳，稳于何故？我想无外乎以下三点。

鸭子腿短，矮胖，是典型的低姿态动物。在台风天里，这种低姿态很好地降低了重心，从而大大减少了被刮跑的概率。一念及此，我不由得联想到举世闻名的兵马俑。

兵马俑坑是地下坑道式土木结构，上覆沙土。在两千多年的时间里，高大的立姿兵马俑全都有不同程度的受损，但二号坑东北角弩兵方阵中的160尊跪射俑都受损轻微，其中一尊跪射俑甚至完好如初，无须人工修复便可直面世人，因此成为秦始皇兵马俑博物馆的镇馆之宝。

这尊跪射俑之所以保存完整，得益于它的低姿态。其呈蹲跪之姿，右足、右膝、左足三个支点呈等腰三角支撑，重心在下，增加了稳定性。由此可见，在各种灾难来临之际，低姿态是安然脱险的法门之一。

老鸭之稳的第二个缘由，是其具有能够分散、疏导气流的羽毛结构。这些羽毛使鸭子的身材呈流线型，阻力小，使气流可以沿着身体表面平顺滑过。这样就可以分散、疏导风力，进而规避与台风的正面硬杠，成为鸭子化险为夷的关键。

有头掉进枯井的老驴，其化解灭顶之灾的本事，比鸭子高超了许多。某

天，一个农夫牵着一头老驴赶路，不料驴子失足掉进一口枯井。农夫想方设法要救出驴子，却总不奏效。无奈之下，农夫放弃了。他请来几个乡邻，准备把驴子埋在井里，以减轻其痛苦。

随着泥土的填入，驴子惊慌失措，拼命挣扎。可片刻之后，它居然安静了下来。农夫不解，探头向井底张望，瞬时目瞪口呆。原来，那头老驴并没有认命等死，而是把埋葬它的泥土抖落身下，再立于其上。

驴子不断地把无情的填埋它的土踏于四蹄之下，反将危难转换为救命的垫脚之“石”。如此一来，随着泥土的抬升，驴子也随之“步步高升”，很快就脱困重生。

老鸭之稳的最后一个原因，是有一双大脚。其宽大带蹼的脚掌，给身体提供了大面积的支撑，所以其重心不容易超出支撑范围，是以不易倒下。简言之，有支撑自己的能力，是鸭子脱险的最大本事。

若论凭能力绝处逢生，意大利小提琴家帕格尼尼是代表之一。帕格尼尼生平坎坷，多灾多难，还一度身陷囹圄。在狱中，狱卒给了他一把只有G弦的小提琴，命他演奏出完整的乐曲，致使帕格尼尼当众出丑。不服输的帕格尼尼没有灰心，而是下定决心，要在一根琴弦上练出超凡的能力。

每天劳作之余，他刻苦练琴，不曾停歇一日，终于练就了用一根琴弦演奏的惊世绝技，成为无数人膜拜的偶像。强大的能力，才是在困境里屹立不倒的最大依仗。

万物同理。沧海横流之中，物竞天择之下，只要不断强大自己，学会放低姿态，懂得顺应疏导，那么不管遭遇多大的风暴，都可以“稳如老鸭”。

纵遇2024种困难，愿你有2025种解法。

一定要穿着
大师的拖鞋走一走

□赵　莉

吴冠中先生的画作虽然举世闻名，但他本人在生活上极其简朴。他长期和夫人住在北京方庄一套70平方米的房子里，客厅沙发的扶手不知道什么时候被磕掉一块，他也舍不得更换，就用透明胶将破损处重新粘好继续使用。他平时作画的书房也仅有5平方米。然而，一旦进入创作境界，他会一天不吃不喝，为的是不上厕所。这是因为他们家没有厕所，用的是公厕，如果水喝多了，中途势必要上厕所，那样就会影响思路。一次，华裔法国画家赵无极从法国回来，吴冠中请他来家里吃饭。刚到家，吴冠中就直率地对赵无极说："你来我家要少喝水，因为我家里没有厕所，要去那个大杂院上厕所，很脏，你无法进去。"

在艺术方面，吴冠中对自己到了近乎苛刻的地步。他说："创新太不容易了，创新十分之九不能成功，能成功的那一成，才了不起。也就是说，要是画100张画，满意的作品也不过10张。"

更让人惊异的是，吴冠中将焚画当成家常便饭。他一次次忍痛烧掉自己一批批的作品，有时自己不忍下手，就叫家人替他烧。画室里废纸成堆了，儿媳和阿姨就将它们捧下楼去焚烧，常常惹来邻居围观。面对四起的惋惜声，他仍不为之所动。

1991年，吴冠中的画在市场上的价格已经很高了，但他还是把自己20多年里不满意的作品集中起来，堆成一座小山，足足有200多幅——予以焚烧。这恰巧被来访的新加坡著名摄影师蔡斯民碰上。望着渐渐化为灰烬的作品，蔡斯民心疼得连连惊呼：“烧这么多画，您可真下得去手呀！大师，您这是在烧房子啊！”吴冠中则平静地说：“我觉得自己没有画好，有些感情情节并没有表现出来。我见不得自己坏了的画，看见了就觉得心里难受。对付坏东西的唯一办法就是毁掉，不能让坏东西流传出去，遗臭万年。作为一个艺术家，应该对历史和未来负责。你骗得了今天的人，却骗不了明天的人。”

一次，在回答记者“最近忙什么”的问询时，吴冠中说：“我老了，趁现在还活着，赶紧将那些自己觉得不满意的作品烧掉。我这个人只喜欢艺术，金钱、名气都已视作身外物，所以烧起画来也就胆壮气足，毫不手软！”

吴冠中是继齐白石之后作品拍卖成交额最高的画家，然而所有的拍卖品都不是他的得意之作，他把自己最满意的作品全部无私捐赠给了中国美术馆、故宫博物院等。对此，吴冠中说：“这些作品就像自己最疼爱的儿女，只要能给它们找到一个好的归宿，就不在乎能得到什么回报。艺术并不高贵，它应该在老百姓中间。”

吴冠中对艺术的豁达精神，如他给一位年轻画家指点迷津时所说的：“一定要穿着大师的拖鞋走一走，然后把拖鞋扔了，在穿和脱的过程中，你就会找到自己。我就是这么走过来的。”

快乐读书吧

杰克·伦敦的纸条阅读法

凡是去过美国作家杰克·伦敦家中的人都会感到奇怪：窗帘上、衣架上、橱柜上、床头上、镜子上、墙上……到处贴满了形形色色的小纸条。

这些纸条上写满他搜集来的资料：美妙的词汇，生动的比喻，五花八门的句子。他可以随时阅读和思考这些纸条。外出的时候，他把小纸条装在口袋里，只要一有空闲时间就拿出来看。

炙热的青春永不后退，我们一往无前。

用左眼眨出来的书

□倪世俊

法国记者博比很喜欢蝴蝶的美丽翅膀，每年休假时，他都去山沟的花丛中寻找各样的蝴蝶。几年下来，他已经搜集到一百多种蝴蝶的标本。他饶有兴趣地发现，蝴蝶的生理形态竟然和潜水衣有某种关联。在每月一次的沙龙活动上，他向朋友宣称，他将写一本关于蝴蝶的书，以奉献给沙龙的朋友及蝴蝶爱好者。

不幸的是，博比心脏病发作，四肢瘫痪，并且丧失了说话能力，全身只有左眼能动。但是在病倒前，他已经构思好了那本关于蝴蝶的书，只是还没有写出来，现在他决心把它完成并出版。朋友读懂博比的用意，联系了出版社。出版社派出一个叫门迪宝的笔录员来做博比的助手，每天工作6小时，笔录下他的著作。

博比只能通过眨动左眼来和门迪宝沟通。他们采取的沟通方法是：门迪宝按顺序读出法语的常用字母，博比通过眨左眼来选择。由于博比是靠记忆来判断词语的，所以经常出现差错。刚开始，他们遇到很多问题，进程非常缓慢，一天最多只能记录一页，后来慢慢增加到三页。经过几个月的艰辛沟通，他们终于完成了这部著作。

这部著作的名字叫《潜水钟与蝴蝶》，共150页。有人粗略估计了一下，为了写这本书，博比共眨了20多万次左眼。

一个学者在巨大的挫折面前，忍受身心的痛苦，坚守诺言，忠实于学业。这种坚定的意志，着实令人感叹。

放平心态，偷偷厉害。

顾恺之的“甘蔗哲学”

□盛家飞

顾恺之是东晋杰出的画家，因《女史箴图》《洛神赋图》等作品为人们所熟知。其实，除了绘画之外，顾恺之吃甘蔗的故事也被传为佳话。《晋书》中记载：“恺之每食甘蔗，恒自尾至本，人或怪之。云：‘渐入佳境。’”就是说，顾恺之每次吃甘蔗时总是从梢吃到根，别人觉得他的吃法非常奇怪，便问他原因。顾恺之回答说：“这样吃才能渐入佳境呀！”甘蔗在生长过程中，会将富余的糖分储存在根部，所以越靠近根部的位置越甜。为什么从不甜的地方开始吃呢？倒吃甘蔗，越吃越甜，便是所谓的“渐入佳境”，这就是顾恺之的“甘蔗哲学”。

我读钱锺书的《围城》时，发现他化用了顾恺之吃甘蔗的典故。他在《围城》里写道：“天下只有两种人。譬如一串葡萄到手，一种人挑最好的先吃，另一种人把最好的留在最后吃。照例第一种人应该乐观，因为他每吃一颗都是吃剩的葡萄里最好的；第二种人应该悲观，因为他每吃一颗都是吃剩的葡萄里最坏的。不过事实上适得其反，缘故是第二种人还有希望，第一种人只有回忆。”足见，钱锺书对吃甘蔗也是倾向于从梢到根的。

“甘蔗哲学”告诉我们，平时在做学问时，犹如倒啃甘蔗。有的人刚吃几口，还没有尝到甜味，就认为“这根甘蔗不甜”，将其舍弃。理论学习通常都“很有嚼头”，但需要我们耐住性子，反复咀嚼，才能逐渐尝到甜头。你做三四月的事情，七八月自有答案，关键在于中间几个月能不能耐得住寂寞。初学理论时，总会食之无味，但随着学习的深入，一定会甘之如饴。做学问如此，做人也是如此。人如果一开始就只是享乐，那么一旦哪天享受不到“甜味”，必然经受不住生活的打击；人如果一开始舍弃享乐，努力拼搏，便可以一步步创造甘甜。

甘蔗得一口一口地吃，理论须一字一句地学，人生要一步一步地走。只要持之以恒，定会渐入佳境。

成功是需要付出代价的，不成功需要付出更大的代价。

热爱“造成语”的文学大家

□李方恩

韩愈的一辈子可以说是波折不断，但是他始终不坠青云之志。768年，韩愈出生在河南河阳。年幼时期，他的父亲和哥哥先后去世，韩愈跟随嫂子过着颠沛流离的生活。韩愈从小就明白，只有靠读书考科举，才能出人头地，所以他把全部精力都用在读书作文上。不过，他的科举之路很不顺畅，曾经连续三年参加科举都没考中。但是，他并没有埋怨命运不公，而是充分打磨自己的文章与技巧。801年，通过吏部选拔考试的韩愈获得国子监四门博士的官职。

虽然历经艰辛，不过韩愈不改赤子之心，开始倡导新的文风，希望世人不要拘泥于魏晋以来的华丽文风，而是要“陈言务去”“文以载道”，推崇“惟古于词必己出”。正是在这样的心态之下，加之长久以来对文章的打磨，韩愈开始批量“生产”成语了。

两年后，韩愈出任监察御史，但是他的政坛之路非常不顺畅，这和他敢于直言有关。他在几个职务上兜兜转转，又回到了国子监。于是，他撰写了《进学解》一文，抒发自己的苦闷之情。这篇文章的大意是：有一天，老师给学生上课，告诉学生一定要好好学习，这样才能有出息。可是，学生却嘲笑老师，认为老师如此出色，也只不过在国子监中混生活罢了。老师则举出了孔子的例子。这篇文章是韩愈创造成语最多的文章，直接为后世使用的就有“业精于勤”“行成于思”“细大不捐”“含英咀华”“佶屈聱牙”“同工异曲”“动辄得咎”等，还有一些是后世经过加工提炼而成的，如“提要钩玄”“焚膏继晷”“力挽狂澜”“闳中肆外”等。

韩愈的其他一些文章虽然没有批量“生产”成语，但也为后世留下不少脍炙人口的经典成语。如“坐井观天”出自《原道》中的“坐井而观天，曰天小者，非天小也”；“弱肉强食”出自《送浮屠文畅师序》中的“弱之肉，强之食”；“俯首帖耳”“摇尾乞怜”出自《应科目时与人书》中的“若俯首帖耳摇尾而乞怜者，非我之志也”；“飞黄腾达”出自《符读书城南》中的“飞黄腾踏去，不能顾蟾蜍”。

后来，韩愈又辗转于多个岗位，但仍然是一边琢磨文章，一边仗义执言。819年，韩愈因为向唐宪宗提意见而被贬为潮州刺史。韩愈到潮州之后，干了一件产生轰动效应的事情，那就是骂鳄鱼。当时的潮州，鳄鱼为患，伤害人畜。韩愈知道后，写了一篇《祭鳄鱼文》，下令七日之内鳄鱼必须离开，否则潮州刺史就不客气了。这篇文章气势如虹，读来痛快淋漓，也留下了“低首下心”“冥顽不灵”等成语。当然，一篇文章不可能把鳄鱼吓走，韩愈只不过是以此来向众人表明决心罢了。此后，他带领当地人民对危害百姓的鳄鱼进行捕杀，解决了鳄鱼之患。

就这样，一生波折不断的韩愈一边与各种逆境抗争，一边潜心推敲文章，终于成了文学大家。

快乐读书吧

歌德：握紧人生中的分分秒秒

歌德于1749年出生于美因河畔的法兰克福，他一生写下了大量的抒情诗、诗剧和小说，同时又是一位植物学家、矿物研究家，以及色彩、光学专家。他知识如此渊博，读书如此之多，又留下《浮士德》等多部巨著，足以证明他是一个惜时如金的人。

他也曾在另一首诗中写道：“我的产业是多么美，多么广，多么宽！时间是我的财产，我的田地是时间！”由此不难看出，歌德最终能留下143卷之多的作品，依靠的不是多么高的天赋，而是紧紧追赶时间脚步的决心。一年365天，雷打不动坚持下来，一年又一年。最终，歌德不仅成为德国最伟大的作家之一，更是在世界文学领域做出出类拔萃的成绩，一代大师就是这样炼成的。

不怀疑自己的能力，只怀疑自己够不够努力。

文具袋的救赎

□冯景瑶

每年，镇上的中学都会进行一场小升初的分班考试。这场考试如同一道分水岭，将莘莘学子引向不同的航道：成绩优异者得以驶入重点班的快车道，而大多数学生则进入普通班继续求学之路。我因临场发挥欠佳，与重点班失之交臂，最终去了普通班。

自尊心一向比较强的我，因为在这次关键的考试中发挥失常，而感到心情无比低落。但还好我遇到了我的恩师——刘老师。进入班级的第一天，我因为成绩还不错，担任了班长，负责维持上课纪律、确认有无学生旷课。由于班上很大一部分同学都是语文数学各考四五十分的“叛逆学生”，所以整体上课氛围简直就是早上七八点钟的菜市场，闹哄哄的。唯一能镇住那帮学生的只有班主任刘老师。我印象中的刘老师，个子不高，一米五八左右，乌黑的头发，脸上有少许雀斑，偶尔涂点淡淡的烟紫色口红，上身胖胖的，很喜欢穿宽松的连衣裙。她手上的小方包总是挂着一串钥匙，走起路来叮当作响，这就成了我们接收“班主任来了”的信号，“未见其人，先闻其声”。

刚开始，因为班级的氛围我产生了极大的厌学情绪，上数学课时我作为班长总是睡觉。恰好有一次就被刘老师看见了，我以为刘老师会训我一顿，然而并没有。一个星期之后，刘老师在上课前来到班上，手上拿着两个新的文具袋，其中一个给了我，说我同时担任班长和学习委员辛苦了，就当是小小的奖励，另一个则留给她女儿。我当时觉得这就是她给我文具袋的原因，并没有打开文具袋看看里面有什么东西。

一天下午，班上同学打扫卫生，不小心打碎了我的墨水瓶，连带着刘老师送的文具袋一起掉在地上，文具袋脏了。我拿纸巾擦拭的时候，看见里面放了一张小字条，上面写着“半山腰很挤，务必要自己走到山顶看看”。顿时，开学以来不学习、上课睡觉，甚至英语课逃课的回忆，像走马灯一样浮现在我的脑海中。我突然惊醒，我的叛逆让老师失望了。

从那之后，我向老师申请调整了座位，利用课余时间找数学老师把不懂的知识全学会了。很快，在期末考试中我的排名提高到了年级前三十，如愿进入了重点班级。去重点班时，是刘老师领我去的，从一楼走到四楼的路上，她对我说的那段话我到现在还记得：“晚成者未必不达，不要因为起点比别人低一点就放弃自己。”我没有辜负老师的期望，在班上我的成绩提升很快，也顺利进入重点高中，大学又学了很喜欢的专业。很感谢当时刘老师拉了我一把，后来因为工作关系她调去了县里的中学，换了手机号，我们再无联系，但依旧祝福刘老师能够桃李满天下。

到现在为止，刘老师当时的鼓励仍然是我前进的动力，也被我当成指引人生方向的灯塔。史铁生的《病隙碎笔》里有一句话让我记忆犹新：“视他人之疑目如盏盏鬼火，大胆地去走你的夜路。”现在的我哪怕面对科研实验的一百次失败，也会重拾信心，勇敢地面对所有质疑、挫折，直到登上“山顶”。

快乐读书吧

余秋雨：“畏友”读书法

散文家余秋雨提出：应该着力寻找高于自己的“畏友”，使阅读成为一种既亲切又需花费不少脑力的进取性活动；尽量减少与自己已有水平基本相同的阅读层面，乐于接受好书对自己的塑造；我们的书架里可能有各种不同等级的书，适于选作精读对象的，不应是那些我们可以俯视、平视的书，而应该是我们需要仰视的书。

生存是有边界的

熬过日夜颠倒，梦想才会报到。

□黄小平

最近看到一段很有意思的话：猫喜欢吃鱼，却不能下水；鱼喜欢吃蚯蚓，却不能上岸。

也许这就是冥冥中的天意，或者说天道，让猫不能下水，让鱼不能上岸，给它们的欲望和嗜好划出边界，设定禁区，好让它们的欲望和嗜好不能无边无际，为所欲为，使众生万物都有属于自己的生存权利和生存空间。

如果把鱼和蚂蚁放在一起，是鱼吃蚂蚁还是蚂蚁吃鱼呢？一句谚语很好地回答了这个问题：“河水高涨时，鱼吃蚂蚁；河水退潮时，蚂蚁吃鱼。”

这句谚语阐释的道理是深刻的，我们颇受启发。其一是每种生物都有适合自己的区域。比如，鱼适合生活在水中，蚂蚁适合生活在陆地上。其二是强弱是相对的。在水中，鱼比蚂蚁强，鱼吃蚂蚁是小菜一碟；而在陆地上，蚂蚁比鱼强，蚂蚁吃鱼也是小事一桩。无论是鱼还是蚂蚁，只有找到适合自己的区域，才能发挥自己的优势，突显自己的特长。其三是莫去羡慕他人的天堂。水是鱼的天堂，陆地是蚂蚁的天堂，每种生物、每个生命都有各自的天堂，不要一见到他人的天堂，就羡慕得要命，他人的天堂于你而言可能是地狱。

老鼠是一种十分聪明的动物，面对食物，它们会先派一只老鼠去验毒：如果有毒，顶多毒死一只老鼠；如果没毒，老鼠们便可共享美味。

那年我住在乡下，按照邻居教给我的方法，一夜之间竟毒死了十几只老鼠。邻居告诉我："找一个结实的小木箱，里面装上拌有毒药的玉米，密封好，然后在小木箱的外面撒几粒没毒的玉米。"第二天早晨，我发现小木箱附近躺着十几只老鼠的尸体。

原来，老鼠享用了小木箱外面几粒没毒的玉米后，便疯狂地啃咬散发着玉米香味的小木箱，当它们历尽艰辛咬破小木箱后，面对一箱得之不易的玉米，早已把先派一只老鼠去验毒的事抛到脑后，哄抢着去争食那些有毒的玉米。

人比鼠聪明，当人历尽艰辛获得了来之不易的财富、权力和地位后，还能保持一份清醒的理智，才是真正的聪明。

说到老鼠，我不由得想起另一种动物——燕子。朋友说他家屋檐下有一窝燕子，据他观察，成年燕子喂食，都是从一侧的乳燕开始喂起。有一只乳燕起初排在左侧的最边上，当它吃完成年燕子衔来的食物后，趁其飞出去觅食的机会，翻过左侧第二只燕子，换到第二的位置。当成年燕子觅食回来时，又把食物投进了它的嘴里。这只乳燕如法炮制，不断地翻过第三只、第四只、第五只乳燕，可当它越过最右侧那只乳燕时，不幸掉出窝外，落在地上摔死了。

听着朋友的讲述，我好像不是在听他讲一只燕子，而是在讲一个人——一个投机取巧的人。投机取巧，可以让你以最少的时间、精力和付出，获得最大的利益。偶尔投机取巧可能让你从中得到某些实惠，但一而再、再而三地投机取巧，只会让你在人生道路上摔得很惨。

生存是有边界的，无论是动物还是人，如果超越了自身的边界，便是灾难的开始。

测测你是什么类型的小达人

请同学们根据自己的第一感觉选择答案，最后根据选项的数量看看自己属于哪种类型的小达人。

1. 如果你可以变成一种动物，你最想变成什么？

A. 狮子　　B. 小鸟　　C. 海豚　　D. 小猫

2. 你最喜欢哪种颜色的书包？

A. 红色　　B. 蓝色　　C. 黄色　　D. 绿色

3. 如果你有一项超能力，你希望是什么？

A. 力大无穷　　B. 会飞　　C. 隐身　　D. 能和动物说话

4. 你最喜欢哪种课外活动？

A. 踢足球　　B. 画画　　C. 跳舞　　D. 看书

5. 如果你可以去一个地方旅行，你最想去哪里？

A. 森林　　B. 海边　　C. 太空　　D. 游乐园

A 最多：勇敢小达人

你是一个充满勇气和活力的孩子！你喜欢挑战和冒险，像狮子一样充满自信。你总是愿意尝试新事物，带领大家一起完成任务。

B 最多：创意小达人

你是一个充满想象力的孩子！你喜欢自由和探索，像小鸟一样飞翔在创意的天空中。你总能想出有趣的点子，让大家眼前一亮。

C 最多：友善小达人

你是一个善良又友好的孩子！你喜欢帮助别人，像海豚一样聪明又温暖。你总是能和朋友们相处得很好，大家都喜欢和你一起玩。

D 最多：智慧小达人

你是一个聪明又冷静的孩子！你喜欢思考和观察，像小猫一样机灵。你总能发现别人没注意到的细节，解决问题时也很有一套。

第四章

我靠坚持迎万难，也赢万难

我知行路难，

可我仍赴一重山水一重关。

告别“假期懒人综合征”

设定小目标，建立小自信

经常正面鼓励自己“我可以做到”

遇到困难，学会向外求援

记录下每天的小成就

适当休息和放松，恢复精力

行动起来，迎接更好的自己

……

画重点

默默蓄力

你日复一日地努力

终会迎来厚积薄发的一天

你现在最应该做的是，默默努力，实现自己吹过的每一个牛。

你不能给我施舍翅膀

□孙怀柱

在蛾的世界里，有一种蛾名叫帝王蛾。

以“帝王”来命名一只蛾，你也许会说，这未免太夸张了吧。不错，如果它仅仅是以其长达几十厘米的双翅赢得这样的称号，那的确有夸张之嫌。但是，当你知道它是怎样冲破命运苛刻的限制，艰难走出恒久的死寂，从而享受飞翔的快乐时，你一定会觉得这顶“帝王”的冠冕非它莫属。

帝王蛾的幼虫期是在一个洞口极狭小的茧中度过的。当它的生命要发生质的飞跃时，这个狭小的通道对它来讲无疑成了“鬼门关”。那娇嫩的身躯必须拼尽全力才能破茧而出，太多太多的幼虫在往外的“冲杀”中因力竭而身亡，不幸成了“飞翔”这个词悲壮的祭品。

有人怀了悲悯恻隐之心，企图将幼虫的生命通道修得宽阔些。他们拿来剪刀，把茧的洞口剪大。这样一来，茧里的幼虫不必费多大力气，就能轻易从那个牢笼里钻出来。然而，所有因得到救助而见到天日的蛾，都不是真正的帝王蛾——因为它们无论如何也飞不起来，只能拖着累赘的、丧失飞翔功能的双翅在地上笨拙地爬行！原来，那道“鬼门关”——狭小的茧洞正是帮助帝王蛾幼虫两翼成长的关键所在。幼虫穿越时，通过用力压挤，血液才能顺利送到蛾翼的组织中，唯有两翼充血，帝王蛾才能振翅飞翔。因此，人为地将茧洞剪大，蛾翼无法充血，出来的帝王蛾便永远与飞翔无缘。

没有谁能给帝王蛾施舍一双奋飞的翅膀。

我们不可能成为统辖他人的帝王，但是我们可以做自己的帝王！不惧怕独自穿越狭长、黑暗的隧道，不指望一双怜悯的手送来资助，而是将血肉之躯铸成一支英勇无畏的箭镞，带着呼啸的风声，携着永不坠落的梦想，奋力穿透命运设置的重重阻碍，义无反顾地飞向辽阔、美丽的长空……

失败不是悲剧，放弃才是。

面对“不公平”的正确姿势

□曾　颖

初中时代，我的学习成绩总徘徊在班级里的倒数几名。每一科都烂得惊天地、泣鬼神，唯独作文是个例外。

爱读课外书且喜欢说话，让我写的作文总能引起语文老师的关注和喜爱。从小学二年级有“看图说话”开始，教过我的语文老师，总爱把我写的文字当成范文念给同学们听，时常收获一众赞许。这是我得到过的与学习相关的不多的喜悦，像星光一样散乱微弱，我却将它当成骄阳。仿佛阿Q被众人夸“真能做”之后的得意，我对自己的作文，是有点飘飘然的。

就在这时候，我迎来了人生中第一场暴击，其冲击力度，至今想来，还让我隐隐有牙痒之感。

那是初三上学期，学校要举行一场作文大赛，为全县中学生作文大赛选拔人才和作品。如果换成别的比赛，我甚至连打听的兴趣都没有，因为那都是别人的菜，但作文不一样。因为有过几次作文被当成年级范文的经历，我理所当然地以为，这场比赛，就是为我设的一个擂台。

比赛的日期一天天临近。但班里的气氛并不浓烈，主要原因是语文老师出差了，班主任对此事没有太重视。直到比赛前一天，他才在班会上轻描淡写地说了这么一回事，然后叫了几个人的名字，让他们第二天到学校礼堂参加作文比赛。其口吻，就像是让人带上扫帚去参加一次例行的义务劳动。

那几个人的成绩在班上算是靠前的，但论作文没一个能令我服气的。我像一个满以为能稳得冠军却连入围资格都没得到的选手，悻悻然有一种强烈的受挫感，心里只有三个字：不公平！

作文比赛如期举行，学校大礼堂里摆放着临时从各班抬去的桌凳。上百个从全校选出的作文达人，得意扬扬地去参加比赛。他们也许并不那么得意，是嫉妒与醋意，让我觉得他们一张张可恶的脸上洋溢着春风。

那是我人生中第一次体验到时间可以过得极为缓慢。我在礼堂对面的篮球架和花台之间晃悠着，尽量装得若无其事。而我的内心充满愤怒与不平，总觉得此时此刻，天下所有的不平，都实实地砸在我弱小的肩上，有一种被孤立和被抛弃的感觉。

我背起书包，气呼呼地冲出校门。但我的眼睛，似乎已丢在礼堂里了，不论走在哪里，眼前都是同学们奋笔疾书的场景，以至于妈妈做了我最喜欢吃的红烧连肝肉，我也似乎没看到。

那晚，我心里乱糟糟的，但也没放弃作文，而是凭记忆把礼堂黑板上的作文题目写下来，卡着时间不翻资料，认认真真地写了一篇。星期一交给语文老师，请她斧正。她当时正在为自己出差没来得及安排作文比赛名单，致使本班竞赛颗粒无收而大为光火，一看我的作文，更是喜怒交加，她摸摸我的头以示安慰和鼓励。于我而言，这比得了奖还让我开心。

事后回想，班主任作为数学老师，对全班五十几个人的作文水平不了解，是正常的事。我的被忽视，并不是什么刻意而为的不公平和被歧视，而是因为自己还没有优秀到“不能被忽视”的地步。要想不被班主任忽视，最重要的是把总成绩提起来。那学期，我取得了历史性的进步，从第53名，上升为第17名。除了英语和数学“欠债”太多而进步不明显，其他科目，居然奇迹般地及格了。我在努力让自己优秀到“不能被忽视”。

懒惰是无休止的，今天不想跑，所以才去跑。

告别少年的岛

□叶　梓

我刚上初中的时候，爸妈之间出了问题。他们不想让我牵扯其中，便将我送到位于海岛的外婆家，美其名曰让我安心学习。

身为岛外人，性格又不合群，我难免被孤立。一开始总是被人打，后来愤然反击，因为不肯认输又倔强，我很快成了全年级最能打的“不良少年”。

我总是独自坐在教室的角落，遇到喜欢的课听三两句，碰到不喜欢的就看杂书或睡大觉。地理老师讲着各种岛屿的形成，珊瑚岛、火山岛、冲积岛……我出神地想着，我也是一座小岛吧，一座少年的岛，孤单、游离、沉默。

不知过了多久，浑浑噩噩的日子在一个清晨被打破了。

讲台上，一个梳着马尾辫的女生落落大方地介绍自己：“我叫冉美，很高兴认识大家。”班主任环视了四周，唯有我的身旁还有个空座。她干脆地跑过来坐下，对我灿烂地一笑，说：“你好，以后多多关照。”

冉美很快和班里的同学打成一片，原本荒凉的角落变得热闹起来。

有一天，她边看《飞碟探索》边问我：“你说，真有外星人吗？”我不想回答。她叽里呱啦地说了许多，最后冲我大喊：“为什么不说话？你是石头吗？”

第二天，她带来一颗石头，对我说：“这是我爸爸在地质勘测时捡到的陨石，送给你。它是天上的流星穿越大气层燃烧坠落而成的。想不到吧，石头也有闪亮的时刻。”此时，我已知道她是个单亲家庭的孩子，她的妈妈很早就离开了，她便跟着爸爸辗转各地。我不禁问她：“你不怕我吗？”她狡黠地一笑：“不怕。那天我看你在读王尔德的书，一个喜欢童话的人，内心一定是柔软的。”

我的心一震，常年孤寂的小岛，有春风掠过，鸟语花香。

那天，七八个小脑袋挤在电视机前看《海上钢琴师》，伴随着钢琴主题曲响起，每个人都流下了眼泪。主人公一生都待在大海上，没有走下那艘船，他被船困住，犹如被囚禁在孤岛。我不由得闷闷地说：“我也被困住了，被困在了这座小岛上。”

“可是，总有一天你会离开这座岛。每个人都不是一座孤岛，一个人必须是这世界上最坚固的岛屿，然后才能成为大陆的一部分。”冉美说出的话竟如此深奥。看到我崇拜的目光，她连忙摆手：“不是我说的，是海明威。我想是因为我们还没有长大，所以还只是一座座小小的、不被关注的岛屿。”

我不再孤单，有了冉美和几个志同道合的朋友。在冉美的带动下，我们一起跑步。是的，我爱上了跑步。跑起来时，迎面吹来的风吹走了酷热，清凉中，年少的迷茫似乎少了很多。冉美迎着风大声说：“有挣扎才有力量，有奔跑才会逆风飞扬。总有一天，我们都会变得强大有力。”

渐渐地，我变了。我尽可能让衣服保持整洁，翻开崭新的书本试着与习题为伴。我干脆剃了光头。老师问：“你又搞什么花样？”我认真回答：“为了更好地跑步和看书。”其他同学都在笑，唯有冉美冲我竖起大拇指：“你要蜕变了。”

外婆笑容多了，夸我懂事了。爸妈再打来电话时，告诉我他们已经和好。我开始理解，成人的世界有成人的规则，而我能做的是守着自己的小岛奔跑下去。

在海岛的时间过得很快，不过两三个夏天，我的个头儿蹿高了好多，每日的奔跑也让我的小腿肌肉变得紧致有力。面对挑衅时，我不再动武，跑开是最好的办法。这样既避免了麻烦，也保护了自己。因为跑得快，我被体育老师选中，代表学校去参加田径比赛，先是区市级，后来又在全省比赛中拿了奖。我再次成了学校的名人。

我升高中那年，外婆因病离去。曾经寂寞的海岛通了大桥，四面八方的人群与车流涌来，海岛变得喧嚣热闹。我去市高中报到时，执意坐着摆渡船离开。船随着海浪高低摇摆，我不禁泪流满面。终于，我告别海岛重回大陆，而在岛上的日日夜夜都是青春难忘的回忆。是少年的岛教会了我如何面对青春的困惑，不畏孤独，学会抗争，更重要的是，让我懂得了友情与力量。我挥手告别少年的岛，很怀念，也很感激。

你日渐平庸，甘于平庸，将继续平庸。

扇尾鸽的“急转弯”

□念　衡

在新西兰怀芒古裂谷地带，有世界上最大的温泉——煎锅湖。

煎锅湖的水温常年维持在50℃以上，且碱性极强，因此附近很少有生物存在，却滋生出密密麻麻的蠓虫，它们的出现给新西兰扇尾鸽提供了一顿顿美餐。

飞行中，新西兰扇尾鸽可以自由控制尾部一撮羽毛，使其开放与闭合。由于其开放时像一把开启的折扇，因此得名“扇尾鸽”。

新西兰扇尾鸽在树枝上避暑时，会找准时机，一跃而起，将蠓虫吞入口中。这时，它们会闪电般打开尾部的“扇子”，利用气流推进，猛地来一个急转弯，默默地飞回树枝上，等待下一次捕食。

很多人都有一个疑惑：为什么新西兰扇尾鸽没有选择继续捕捉更多的虫，而是飞回原地？原来受湖水高温的影响，它们飞行时很难长时间保持平衡，一旦坠落，绝无生还的可能。这给了人类很大的启迪：若想求得生存，便要懂得寻找一个“度”。当距这个“度”很近时，我们可以向新西兰扇尾鸽学习，也来一个“急转弯”，将贪念扼杀在摇篮里。

快乐读书吧

华罗庚的猜读法

著名数学家华罗庚读书的方法与众不同。他拿到一本书，不是马上翻开从头至尾地读，而是对着书思考一会儿，然后闭目静思。他猜想书的谋篇布局，斟酌完毕再打开书，如果作者的思路与自己猜想的一致，他就不再读了。华罗庚这种猜读法不仅节省了读书时间，而且培养了自己的思维力和想象力，不至于使自己沦为书的奴隶。

零星地变好，最后也会和星河一样闪耀。

凹点心理

□汪燕洁

网络上常常出现的“凹点心理”，是德国心理学家霍尔曼提出的一个心理学术语，指阅历丰富的人的心灵，有着更持久的战斗力，也更容易实现自己的目标。这里的“凹点”，指失败的经历及其在心理上留下的烙印，好比高尔夫球面的凹点。

高尔夫球运动兴起之初，球表面的图案并不固定，参赛者可以根据自己的喜好进行设计。奇怪的是，有经验的球手都喜欢用旧球，特别是表面有划痕的球，有人甚至故意在新球上制造划痕。原来有划痕的球要比光滑的球有更优越的飞行性能。于是，科学家根据空气动力学原理，设计出如今表面有凹点的高尔夫球。

人们在生活中会遭遇各种挫折和不幸，它们一次次给心灵带来冲击，留下疤痕，但又能提高心理的承受能力，就像高尔夫球表面的凹点。

快乐读书吧

陆游读书，有的放矢

“饮食起居，疾痛呻吟，悲忧愤叹，未尝不与书俱。”这是宋代大文学家、杰出诗人陆游读书生活的自我写照。他终生酷爱读书，以书为伴，与书为伍。不过，他读书虽多，却多而不杂，多而不乱。他读书都是有的放矢的。

他从小立下大志，常用祖父陆佃“映月读书”的精神勉励自己，决心要系统地读万卷书。

少年时，他攻读了大量古人的诗作；青年时，从“上世遗文”至“先秦古书”，他都读了个遍。

一锹挖不成水井，一天盖不成罗马城。

徒步的最佳路径

□[美]艾萨·默塞德　　乔凯凯/译

15岁那年，徒步经验为零的我，打算徒步穿越海杜克步道。海杜克步道全长约1307千米，横穿犹他州和亚利桑那州。它起于拱门国家公园，途经6座顶级国家公园，穿过峡谷、山峦、松林、沙漠，沿路几乎没有供水的地方。

我的祖父是一位徒步高手，有着丰富的经验。这次，他将陪我去海杜克步道徒步。仔细检查所有的装备后，我和祖父开启了徒步之旅。

祖父告诉我，“海杜克”是爱德华·艾比笔下《猴子扳手帮》中主角的名字，这条步道正好穿过给予艾比书写灵感的荒原，因而得名。我开心地笑起来，与祖父在一起，总是如此轻松而有趣。

但很快，我脸上的笑容消失了。结束一天的行程后，我和祖父躺在帐篷里休息，我浑身酸痛，感觉全身的骨头都要散架了。

“哪段路是海杜克步道的最佳路径？”我忍不住问祖父。“噢，当然是峡谷，”祖父侧过身子看着我说，“峡谷平坦，而且凉爽，是徒步的最佳路径。”

听了祖父的话，我松了口气，我们正在穿越的就是峡谷，也许明天的路程会轻松一点。或许是有了足够的底气，接下来的几天，虽然感觉劳累，但我走得很起劲儿。

接下来要爬山了，我的心里又产生了一丝恐惧和忐忑。我问祖父：“剩下的路程里，哪段路是最佳路径？”祖父肯定地回答：“当然是山峦，孩子。爬山时我们可以放缓脚步，反而会轻松一点。”于是，我跟随祖父的脚步，顺利穿过了山峦。

当我们途经沙漠时，祖父又告诉我，只要我们备足水，辨别好方向，徒步穿越沙漠反而更加简单。就这样，在祖父的鼓励和带领下，我完成了徒步海杜克步道全程的挑战。

对15岁的我来说，这简直是一个奇迹般的创举。我的朋友们都惊呆了，同时对我羡慕不已，他们问我：“哪段路是海杜克步道的最佳路径？”

我愣了一下，这是我曾经问祖父的问题，可是直到现在，我也没有确定的答案。因为在祖父给我的答案中，似乎每段路都是最佳路径。

事常与人违，事总在人为。

成长的力量

□赵宸勋

每次发言，我的脸都会涨得通红。尤其在语文课上，老师一提问，我就恨不得找个地缝钻进去。每次被老师点中回答问题，我的声线都颤抖得像哭了一样。

上学期学校举办科技节，令人匪夷所思的是，我和队友竟然在搭桥比赛中荣获一等奖。可我的兴奋劲还没过去，老师就通知我代表学校参加区里的科技节比赛。我顿时陷入纠结：要在那么多人面前展示啊！我能行吗？

随后，我们的课余时间几乎都被科学老师占用，用于集训。一开始，我们对斜拉桥一无所知，因此各自加班加点设计的桥，一座都没达标。太难了！我萌生了退意。可是骨子里又不服气——也许我们可以！

于是，我们时而和老师上网查资料，时而在画纸上勾画，时而在桌上折叠、粘贴。几天之后，一座像模像样的斜拉桥终于诞生了，但在测试承重时又塌了，简直不堪一击。我没有泄气，迅速和队友重整旗鼓。

我们每天都在不断构造、推翻桥形。比赛时间越来越近，我们铆足劲练习。

尽管如此，我仍忧心忡忡："妈妈，好难啊，我裹不好柱子。""妈妈陪着你，尽全力就好，但是不能一开始就放弃。"妈妈说。"嗯！"我继续攻克眼前的难题。

我的动作越来越娴熟，和队友的配合也愈加合拍。随着桥的承重力越来越大，我们的情绪也越来越高涨。

比赛开始了，我们按照计划分工，一切有条不紊地进行着。然而，由于太紧张，成品并不完美。我以为自己会沮丧，可我却拿着作品，开心地冲妈妈挥手，然后一一说明我们的失误……

比赛结束，我们获得区比赛一等奖。妈妈说："即使面对这样紧迫的比赛，你也能认真观察和复盘。"我陷入沉思：是啊！也许我平平无奇，但我并不是一个胆小的人，而是有韧劲、有想法、不气馁，处乱不惊，敢于面对困难并努力解决，善于和伙伴合作，也许这就是我的优势。

这一刻，我感受到了自己的力量，我长大了！

接受自己的普通，然后拼尽全力去与众不同。

如果脑洞的直径是一光年

□欧罗巴

其实，网络流行语中的“脑洞”，无论是“开脑洞”这种行为，还是“脑洞大开”的人，在现实世界都真实存在。

如18世纪的欧洲，流行过一种治疗神经病患者的著名民间疗法：头部穿孔。这就是真实的“开脑洞”。

而有些人大脑天生就有空洞，英国姑娘科尔·科恩在26岁的时候，发现自己脑袋里居然有一个柠檬大小的洞。她就是“脑洞大开”的人。这个洞出现在顶叶的脑洞中，终于解释了为什么她数学成绩特别糟糕，但她语言能力出奇地好。她把这个与脑洞做斗争的特殊经历，写成了一本书。

脑洞到底可以开到多大？你觉得一个直径是一光年的脑洞，是否够用？直径一光年的范围，可以轻松装下太阳系里所有的行星。

唯一令人担心的是，脑洞太大，会影响信息传输速度。拥有超大脑洞的人可能永远也无法从事任何球类运动了。因为认清一个运动物体的大小、颜色、运动轨迹，要使用不同的大脑区域，等我们准确判断出球的位置，应该已经过去很多年了。

如此看来，如果脑洞需要真实而具体的存在，那体积还是不要太大的好。

不过，关于奇怪而荒诞的“脑洞”问题还可以延续下去。美国国家航空航天局前员工、热门科普漫画*xkcd*的作者兰道尔·门罗，目前最主要的工作就是解答这些怪问题：如果在乏燃料池游泳会发生什么？全世界的人一起往上跳，地球会怎样？如果地球膨胀得像太阳一样大会怎样？……所有离奇的问题，他都试图从科学的角度进行解释。

这些“脑洞”问题，虽然在现实中无法实现，却可以被推算和讨论。

人生如行路，不必执着于一条死胡同，转身便是海阔天空。

牛角两端

□佚　名

有一天，一只勤奋的蚂蚁误入一只牛角。蚂蚁很小，在它看来，弯弯的牛角就像一条极宽阔的隧道。它想，只要走出隧道，定是一片水草丰美的洞天福地。谁料脚下的路越走越窄，到后来竟难以容身。为此，蚂蚁不得不停下来认真思考。经过一番激烈的思想斗争，它决心掉过头，重新开始。

这一回，它由牛角尖向牛角口进发，结果惊喜地发现道路越走越宽。走出牛角后，它发现天蓝蓝的，极其高远，宛如海浪滚滚的大海。一瞬间，它觉得自己就是在天上自由飞翔的小鸟，或是在大海中随意竞游的小鱼。

之后，蚂蚁逢人便说：“当你遇到无法逾越的障碍时，不妨换一种方法。就像面对一扇打不开的门，只要换一把钥匙，或许希望之门就会为你敞开。”

对于那些头脑不开窍、认死理的人，人们常说他们“爱钻牛角尖”，其实，走出“牛角”很容易，只需换个方向。然而，只是这一点便难倒了无数人，他们都是在碰壁之后才知道回头。

我坚信，我的命运由我自己的行动决定，而绝不是由我的出身决定。

那位从不教我盖房子的老师

□流念珠

有人曾问建筑大师张永和：“你学建筑那么多年，哪位老师对你的影响最大？”张永和笑着回答：“一位从不教我盖房子的怪老师。”

张永和的父亲是设计了天安门观礼台、中国国家博物馆、钓鱼台国宾馆等多个北京地标建筑的建筑师张开济。恢复高考那年，张开济建议儿子去学建筑，张永和就考入南京工学院，在建筑系学了三年盖房子：窗台坡度要在什么区间，砖头怎么砌，砌好了抹多少灰，等等。不过，大学还没毕业，张永和就在父亲的资助下去美国波尔州立大学从头读建筑本科。

波尔州立大学在印第安纳州的小镇上，周遭都是玉米地。刚到那里的时候，张永和碰到了一位口音很重的老师。这位老师高大英俊，喜欢穿着20世纪60年代的旧西装，还常常在胸前口袋别一朵鲜花。张永和问旁边的一个同学：“你觉得这位老师讲得怎么样？”同学应答：“他的课很有意思。”张永和就稀里糊涂地选了这位名叫罗德尼·普莱斯的教授的课。后来他才发现，这真是一位奇怪的老师。

与南京工学院的授课模式截然不同，罗德尼

教授从不聊盖房子的事情，他讲的都是文艺复兴时期的绘画、雕塑，以及现代艺术等。课堂上，他经常放出一些绘画或雕塑的幻灯片，然后挨个去问选择他课程的七八名学生："你看到了什么？"课程结束之后，罗德尼教授给学生布置的作业也极其简单——随心所欲地画，画什么都行。张永和看到来回播放的只有那些幻灯片，而且罗德尼教授从来不主动讲绘画或雕塑，就觉得这样的课堂挺无聊，于是常常逃课，逃去画画。没想到，罗德尼教授一次又一次地找到张永和，语气诚恳地说："请你回来上完我的课再去画，可以吗？"张永和觉得不好意思，就勉为其难答应了。

可回到课堂之后，罗德尼教授还是重复放着那些幻灯片，反复提问："你看到了什么？"张永和就干脆乱讲一通。这时候，罗德尼教授就蹲在地上做抱头状，一脸的无奈与痛苦。于是，张永和就认真了那么一点点，再看画时就会多深入去想一想：这画里到底还有什么？有一回，罗德尼教授放出一张名叫《圣约翰走进田野》的画，问张永和看到了什么。张永和如实回答："这里有个圣约翰，那里有个圣约翰，近处有座城，中间有些田，远处有些山。"罗德尼教授却连连摆手："不行不行，你说得还远远不够！"张永和也急了："要不您跟我说说，画里头还有什么是我没看到的？"可每到这样的时刻，罗德尼教授总是一句话也不说。

临毕业时，张永和在旧金山拿到了教职，这意味着他毕业之后可以留在大学教书。当他开着一辆甲壳虫车穿梭在一座大山里的时候，眼前突然就跳出了罗德尼教授放的那幅画——《圣约翰走进田野》。张永和一下子就明白了：罗德尼教授从头到尾只想做一件事情，那就是逼着学生通过看画与画画去独立思考。

在留校教学的十年时间里，张永和白天教书听课，晚上就带着奇奇怪怪的想法到学生画图的教室，随便找一张空桌子摊开纸就画。没人知道他在干什么，也没人问他正在干什么。日子一天天过去，他没有和任何人交流，但他觉得这没什么不妥，能静心画图就好。后来，这些图纸获得了不少奖项，他也一步一步成为建筑大师。张永和说："当我成为真正的建筑师时，我就完全理解了罗德尼教授当初的做法——只有多看、多画，才能把建筑设计往深里挖。与此同时，他想告诉我们，要想当一名自己理想中的建筑师，就千万不要做一个只为了盖房子而跟着'建筑师模板'走的建筑师。"

眉毛上的汗水，眉毛下的泪水，你总得选一样。

黑板报里的小梦想

□洪　莉

初中新生报到的第一天，校长组织全校师生进行了一次全面的大扫除。教室里顿时忙得热火朝天，那些原本不相识的新同学“一顿操作猛如虎”，竟也互相熟络起来。

“同学们停一停！你们当中有谁的字写得比较好？谁会画画？”班主任突然举起双手，摆出暂停的手势，在一阵嘈杂声中高声询问。我就是在这时注意到那个戴着牙套、头发由于太蓬松而看起来极其毛糙的女孩的。她自告奋勇地举起手，口中呼喊着：“我，我会画画！”

那天，班主任老师让练过书法的同学在黑板上写上“新生报到”四个大字。我拎着小水桶，给写字的同学递去抹布。只见那个同学拿着的湿抹布犹如一支蘸了墨的毛笔，而黑板则变成了墨色的宣纸。水渍在黑板上留下大字的印痕，同学们便拿粉笔在印痕之外依照大字的轮廓上迅速描画着。倘若描得不及时，水渍干了，得重新擦除再写一遍。

“哇，你的字写得真好！”那个戴着牙套、头发蓬松的女孩站在一旁夸赞道，她双手攥在一起撑着下巴，眼睛里闪着崇拜的光。

“老师让我等你写完了，再画些好看的插画上去。我想着要不给你写的字上个色？”她询问对方的意见。对方答应后，她开始给字涂好看的颜色，又在空余部分描龙画凤，三下五除二就画好了一条腾云驾雾的龙和一只看起来有些像孔雀的凤凰。

她当选了我们的宣传委员。

后来她成了我的同桌，我时常见她在课本上描描画画。她最擅长画那些亭亭玉立的美少女。那时班里流行看杂志，青春杂志里总有许多漂亮的插画。她告诉我，她未来想成为一个杂志插画师。

那时班级每个月都要出一期黑板报，老师让负责画黑板报的同学周末到教室赶工。我和同桌关系好，便也加入了他们周末画黑板报的行动。我既不会画画，字也写得不好，拎水桶、擦黑板的任务便落到我身上。我并不嫌弃这份工作，反而十分享受和他们分享八卦消息、探讨未来的时光，那块四四方方的黑板，也成了我们幻想未来的小天地。

有时我们画上古风少年仗剑走天涯的图案，憧憬着我们也身处那“醉意江湖”；我们画被风翻开的书页；画记忆中深爱的亲人……我们从日出画到日落，整个教学楼里回荡着我们的欢声笑语。那些由于考试成绩不理想而产生的挫败感和因为复杂的人际关系产生的焦虑，统统被我们抛到脑后。

升入初三后，学习压力渐重，画黑板报的任务也被迫中断了，但我们依然会在写满方程式的草稿纸上描描画画，一遍又一遍勾勒自己的梦想。

虽然，后来那个戴着牙套、头发毛糙的女孩只考上了一所普通的大学，但她如愿选择了她最向往的绘图专业。她曾为我写下的故事画过插画，也为我设计过可爱的社交媒体头像。那些曾在黑板报上绘制的一个个小梦想，正在逐一实现。

如果这世间真有奇迹，那只是努力的另一个名字。

拉住时间的角

□砂糖橘

不被泛滥奔涌的潮水裹挟着往前，也不因为别人取得的成就而自我怀疑，陷入焦虑。

小时候，我的一天可以干什么呢？

大清早，我可以蹲在灶台边，看着灶洞里跳跃的火光，添上根木柴，等奶奶在沸腾的大锅里下把面条，再慢腾腾地吃掉。

中午，我可以晒着暖烘烘的阳光，坐在小凳子上帮妈妈掰豆角，可以就着爸爸绘声绘色的新奇故事，吃下大碗的米饭。

吃过午饭，门外就传来小伙伴的呼唤声，我匆匆抹掉嘴上沾着的油渍，和爸妈说声“出去玩儿”，然后跟着小伙伴一路穿梭在田埂间，在野草没过脚踝的时候去采摘豌豆菜新绽的花；拿着糊好的蛛网去追逐，捉住一只漂亮的蝴蝶；去废弃的材料地玩耍——材料地就在村口，可以躺在大石头上谈天说地，可以捡块洁白的石英石忽悠小伙伴说是水晶，还可以在河沙里挑出来些漂亮石头、贝壳。

在太阳西沉之际，我在妈妈的呼唤声里从玩耍中抽离，回到家里匆匆扒饭。洗脚后或是守着电视机看最喜欢的《大风车》节目，或是坐在天井里看夜空中闪烁眨眼的星星，于是快乐充实的一天伴着我的美梦溜走了。

可是随着年岁的增长，时间好像被明确标记了刻度。

长大后，我的一天可以干什么呢？

我清晰地感觉到，时间越来越快了。

快到我需要6：30起来，在15分钟内洗漱完毕跑到教室晨读。

快到我在下课铃响后就要跑向食堂，来不及品味饭菜的味道就要赶回教室。

快到我做试卷需要掐着表，和时间赛跑。

匆匆溜走的时间被标注在课表上，在假期生活作息上，在每一堂课上……

我不禁想着，为何小时候的一天那样漫长，而长大后的一天却又如此短暂？

在这天上语文课时，我找到了答案。

那天老师讲的是《长歌行》。

我正努力地把老师讲的知识点记下来，突然看见“少壮不努力，老大徒伤悲”，困惑我已久的问题似乎有了答案。

随着年岁的增长，时间对我们来说越来越重要了。

我们迫切地需要在短暂的时间里追求到理想的结果。

在网络普及的时代，我们随处可见的是“21天成功大法”“教你一个月逆袭成为‘学霸’”“半年的时间我居然实现了人生小目标”……这样的标题赚足了眼球，人们怀着好奇心纷纷点进来，不知不觉被内容吸引，不自觉地会在心中形成对比。

对比自己与他人取得的成就，所以压榨时间，想在最短的时间内获得理想的成绩。

这是不对的吗？也不是，在忙碌的现代生活中确实需要注重结果和成绩。

但是，片面地追求结果而忽略沿途的风景，不免是种缺憾。

作为学生的我们又该如何做呢？不被泛滥奔涌的潮水裹挟着往前，也不因为别人取得的成就而自我怀疑，陷入焦虑，找到属于自己的节奏，坚定平缓地朝着目标一步步靠近。

拉住时间的角，找到属于自己的时区，然后坚定不移地走下去。

少年的肩上，应担起松风明月和四海八荒；
少女的眼里，应藏下星河远方和万丈光芒。

像岩羊一样活着

□谢素军

在喀喇昆仑山脉深处，我看到一群岩羊。陡峭的悬崖上，它们几乎贴崖而站，而悬崖的上方，一群野狼虎视眈眈。

导游催促道：“不用看了，狼不走，岩羊便不会动，看谁熬得久。即使是摔死，它们也不会离开悬崖。”

我深感震撼，对着悬崖大声吼叫几声，希望把狼吓跑，但声音遇到了风的屏障，狼丝毫没有要离开的意思，而岩羊仿佛也很淡定。

汽车穿过谷底，奔向更远处的大峡谷，我的心情豁然开朗。都说走过昆仑山脉之后，往后都是坦途。虽然沿途风景宜人，但是我总忍不住想看微信，工作群里不断有信息跳出，因为公司正在赶一个大项目，所以我心里总有点儿担忧。

来新疆之前，我一再给自己做心理建设，难得出来一趟，先玩几天再说吧！

我的心态变化发生在三天后，怎么也没想到，归途中再次经过那段悬崖时，我竟然看见那群岩羊还站在悬崖上。不过比三天前少了几只，导游说肯定是摔死了。

狼群虽然还在，但有些军心涣散，时不时有几只狼离开悬崖。

我问：“难道岩羊就一直这么熬着？”导游笑笑说：“这就是岩羊的生存之道，为了活着，不得不放弃平坦的道路。不过，最多再过一天或半天，狼群便会全部散去，岩羊不仅选择了最艰难的道路，还必须有持之以恒的毅力。”

那天，我逃一样地离开新疆，跑回了深圳，没有和任何人打招呼，直奔自己的岗位而去。等电梯的时候，前面排了很长的队，我毫不犹豫地朝着楼梯跑去，并在心里告诫自己，以后每天都走楼梯，尽管爬楼很累，但永远不会拥挤。

那天，我是第一个到办公室的。我在自己的工位上贴了一张字条，写下影响我一生的座右铭：面对充满挑战的道路，坚定的信念与不屈的意志是通向成功的关键。

哪有什么一夜成名，其实都是百炼成钢。

十年前的小问题

□[美]里昂·奥克斯　　佚　名/译

塞多纳小镇发生了一件离奇的事情——奥古斯特大叔家的小仓库突然倒塌了。如果房屋年久失修，遇上大风大雨，很容易倒塌。可问题是，小仓库很坚固。就在上周，奥古斯特大叔还修葺了它的房顶，粉刷了墙壁。

“天哪！太吓人了！昨晚我睡得早，没有像往常一样去小仓库查看，否则后果不堪设想。”奥古斯特大叔不停地抚摸着胸口。他觉得，这里面一定有什么秘密！可是，查看了那天晚上的监控视频，没有发现任何人走近过小仓库。小仓库就这样毫无征兆地倒塌下来，奥古斯特大叔百思不得其解。

警察在经过一番细致、周密的调查之后，揭晓了答案：小仓库的底部有一处被化学物品腐蚀的痕迹，而那刚好位于木质的承重柱子上。承重柱一旦被破坏，小仓库自然就摇摇欲坠了。

那么，到底是谁在这里倾倒了化学物品呢？这种化学物品在小镇上很少见，很多人没有听过它的名字。但奥古斯特大叔对它比较熟悉，是的，奥古斯特大叔的工厂里需要这种化学物质，不过早在十年前，工厂改进生产工艺后，这种化学物品就被摒弃了。“我找到真相了。”就在大家分析讨论这种化学物品来自何处时，奥古斯特大叔开口道，“那个罪魁祸首就是我”。当年工厂不再需要这种化学物品时，奥古斯特大叔还时常会在房间里找到一些，他原本应该按照程序，合理处置它们。可是，奥古斯特大叔觉得那样太麻烦了，于是就把它们埋在了小仓库旁边。他当然知道这些化学物品有腐蚀性，会带来一些危害，但相比于未知而遥远的危险，眼下的省事对于奥古斯特大叔来说更有吸引力。就这样，这个不起眼的小问题给小仓库埋下了隐患，直到十年后的现在，给奥古斯特大叔带来了损失。

“如果一件事会在十年后给你带来危害，那么请相信我，马上做出改变。没错，就是现在。”奥古斯特大叔对着众人说道。

水不试不知深浅，人不拼怎知输赢。

每个少年都能成长为英雄

□琦　惠

由于是美术生，我比同级的其他同学提前半年就进入了高考这场战役。

不止一次，培训机构的老师拿着我的作业，皱着眉头，不解地问我：“你为什么想学画画呢？”我听出了弦外之音——老师只是不好意思说：这位同学，你真的不适合走这条路，放弃吧。

那好吧，我放弃。

初雪那天，我提着行李再次回到学校。我的美术老师老田在见到我的一刹那，整张脸上写满了疑惑。从业这么多年，老田早已见惯了自己的学生不相信他的能力，非要跑到北上广“镀镀金”，再去参加高考的戏码。我突然打道回府的确是一件令他感到意外的事情，但他最终什么都没有问，只是上下打量了我一下，说：“你直接回美术教室，还没吃饭吧？你在教室里等老师一会儿。”“嗯。”我轻声应答。

迷茫的我望着窗外，没一会儿，老田推开了门。他朝我晃了晃手里的塑料袋，说：“老师给你买了张鸡蛋灌饼。但如果你想吃的话，必须先跟老师同时画一幅水粉白菜。”“我不画！”我第一反应就是拒绝老田的提议。毕竟对于画画这件事，我已经产生了排斥心理。奈何，我实在是太饿了，只能暂时妥协，撇着嘴撑起了画架。

我的画笔在纸上沙沙作响，渐渐地，老田的声音开始萦绕着我。他宛如一台复读机，一边画着白菜，一边唠唠叨叨：“中黄加中绿加白，是白菜叶；群青加白加柠檬黄，是白菜暗部……”我本就是个“学渣”，老田既然报出了答案，那为什么不抄呢？我在老田的声声重复中，手忙脚乱地找相应的颜色，接着调颜色、上色、涮笔……

等我画好水粉白菜时，鸡蛋灌饼已经凉透了。而当老田每天都以请我吃饭为由，把我“强行”扣下画水粉白菜且画了厚厚一沓之后，已是寒假前夕。

“老师当年就是靠着画水粉白菜考上了大学，老师的诀窍已经教给你，你放假后就别再回来了，继续去学习吧。”老田低头收拾着自己的画具，没有看我，仿佛是在自言自语，“你记住，高考有时考的是意志力，而且，你的色彩感天生是适合画画的……”他始终没有抬头，似乎在与空气对话。我看了看老田，紧接着，望向了窗外的太阳。

每天放学后，我早已习惯了站在靠窗的位置，与老田较量。更何况，我在这间教室里修炼出了“武功秘籍”，培养了耐力，还得到了肯定。我不仅会再回来练习画画，还会把老田说的那句“高考有时考的是意志力，而且，你的色彩感天生是适合画画的……”当作可以成功的咒语。

这的确是一句咒语。它在我参加艺考的那天发挥了作用。考场上，我默念着这句话，想着那画了一沓的水粉白菜，很自信地画下了第一笔、第二笔……在我准备文化课时，我依旧念着这句咒语。那曾让我严重偏科，继而不得不去学画画，令我头痛、流泪的数学，我在面对它时，竟也会情不自禁地告诉自己：你很适合学习数学，你可以学好。高考那天，看着散发出油墨香味的试卷，我想起的不再是寒冷的冬夜，而是雪后的太阳……

我比以往更有信心去打好这场仗，也确实打赢了。这都源于老田对我日复一日的训练，源于父母在我灰头土脸地从培训机构回家后的包容与鼓励，更源于我自己心态的调整。

英雄，并不是用距离、名次来定义的，而是要以独特的气质、卓越的品质、超强的意志力以及自我信念来评判。也是高考让我看到——越来越多的少年都成长为英雄，他们在面对这场战斗时，有勇气、有信心，也有毅力。他们都知道——高考不仅是通往大学这个梦想殿堂的必经之路，也是人生的重要转折点，更是事关自我锤炼的一次考试。无论结果如何，只要我们在这个过程中尽力了，便无悔；只要我们成长了，就是胜利通关了。

倘若穷途末路，那便势如破竹。

零分之约

□佚　名

我曾是一个让老师头痛的孩子，因为我调皮、厌学，爱做白日梦。每次考试，我的成绩都是雷打不动的“C”，这让老师对我无计可施。

我对学习一点也不感兴趣，我的梦想是当一名世界一流的赛车手。直到卡尔森小姐来到我们班以后，这一切才发生改变。

第一天上课，她在点到我名字时，冲我意味深长地笑了笑，说：“你就是整天梦想当赛车手，却不爱学习的斯蒂文弗吗？”

“是的。”我感觉她的话里有一些鄙夷，这对一个少年的尊严是莫大的侮辱。接着，我的声音变得高亢，坚决而富有挑衅意味地说：“舒马赫是我的偶像，他像我这么大时成绩也很糟糕，他曾经考过零分呢，现在不一样当了世界顶尖级赛车手？”

卡尔森小姐突然爽朗地笑了起来：“他考了零分当了赛车手，而你从来没有考过零分啊，每次都是‘C’！”

她竟然笑话我没有考过零分！我觉得自己当众受到了羞辱。我咽了一口唾沫，从喉咙里发出低沉的声音：“哼，下次我就考零分给你看看！”

她仿佛一下子抓住了我的“小辫子”，说：“好啊！咱们不妨做个约定，你要是考了零分，那么在班里你一切自便，我绝不干涉；可如果你一天没有考零分，就要服从我的管理，好好学习！”

我感觉自己遇到了一个天底下最可爱又最愚蠢的老师。

“不过，既然是‘考’，咱们还得遵守必要的考试规则。试卷必须答完，不能一字不填就交卷，更不能离场脱逃。如果那样的话即视为违约，好不好？”她补充道。

这还不简单！我心里发出快乐的鸣叫，不假思索地答道：“没有任何问题！”

很快便迎来了考试。我知道第一题的正确答案，却故意在答题卡上选了错误答案。接下来几道题都是如此。可毕竟试题是按先易后难的顺序出的，因此试题的难度不断增加。在做后面的题时，由于我并不知道哪个是正确答案，所以答题时着实犯了难……反正我不会，按照约定又不能空下不答，没办法，最后我只得硬着头皮，像以往那样乱蒙一通。

走出考场，我发现自己手心里竟然出汗了。我第一次觉得考零分竟跟考满分一样难！我沮丧极了。

考试结果出来了，果然又是“C”，而不是“0”！可恶的“C”！我开始诅咒起来。卡尔森小姐走过来，提醒道：“咱们可是有约在先哦，如果你没有考零分，就必须听从我的安排。”我低下头，既羞愧，又暗骂自己不争气。卡尔森小姐说：“现在我要求你早一天考零分，或者说你近期的学习目标是向零分冲刺！”

很快又迎来了第二次考试，结局还是一样，又是“C”！第三次、第四次……我发愤学习，一次又一次向零分冲刺。我发现自己有把握做错的题越来越多，换句话说，我会做的题越来越多。我的赛车手梦渐渐消失，取而代之的，是萦绕在我脑海中的一道道试题。

终于，一年后，我成功地考到了第一个零分！

卡尔森小姐把试卷发下来后，大声地宣布：“斯蒂文弗，祝贺你终于考了零分！”全班响起热烈的掌声！我感到羞愧难当。“好了，你终于凭着自己掌握的知识考了零分，按照我们的约定，你可以在班内做任何你想做的事情。”卡尔森小姐走过来，抚摩着我的头温和地说。泪水突然涌出眼眶，我哽咽了许久，终于脱口而出：“谢谢您，老师，在我没有成为世界一流赛车手之前，我想成为一名出色的学生……”

“斯蒂文弗，你是好样的，在我心中，一个凭实力考了零分的学生跟考了‘A’的学生一样出色！我为你感到骄傲！”卡尔森小姐大声说道。

努力只能及格，拼命才能优秀。

远大的梦想，唯有坚持才能抵达

□郑钦文

我从6岁开始打网球，这项运动带给我无限乐趣。小时候看奥运会比赛，当看到运动员们为中国体育代表团赢得奖牌时，我也想成为其中的一员。当第一次踏上奥运赛场时，我就暗暗下定决心，要为中国体育代表团拼下一枚奖牌。

带着这一目标，我在奥运会上感受到前所未有的力量，但比赛的难度还是超出我的想象：连续5天出赛，每次比赛都超过3小时。我一直在突破自己的极限。我知道，无论比分如何，我都不能放弃。

决赛中，我克服了紧张情绪，表现得比以往都要沉稳和专注。其实，拿到赛点时，我能感觉到自己的手在颤抖，但我的注意力非常集中，只想着如何打好下一个球。在赢得比赛的那一刻，我战胜了压力，也超越了自己。

一路走来，即使在最困难的时候，我也从来没有退缩。我一直很羡慕那些可以创造历史的人，如今我也成为其中的一员。其实不管选择什么运动，都要学会热爱和享受，朝着目标勇敢、坚定地走下去。远大的梦想，唯有坚持才能抵达。

每一个普通的改变，都将改变普通。

不可貌相的小雀鹰

□马雪菲

在人们的印象中，猛禽的个头通常都比较大，而且身大力不亏。其实世界上也有小个头猛禽，它们的个头甚至比不上大个头鸣禽，比如雀鹰这种小型猛禽，个头小而实力不俗。

雀鹰俗称鹞子，体长30~41厘米，属于小型猛禽。雌鸟略大，翅阔而圆，尾较长。雄鸟呈暗灰色，雌鸟呈灰褐色。有的成年雀鹰体长只有30厘米左右，体重连一斤都不到。单从外观看，雀鹰这个级别的体形根本看不出有什么优势。然而恰恰相反，由于比较小，它们捕猎时，拥有猛禽之中首屈一指的速度。一旦猎物进入它们的视野，它们就会像离弦的箭一样，以迅雷不及掩耳之势冲过去，一击致命。另外，它们拥有猛禽家传的锐利爪子，无论是陆地上的小型哺乳动物，还是猛禽家族的“老冤家”蛇族，都能手到擒来。雀鹰猎食的对象还包括鸡形鸟类和鸽形鸟类。总之，无论地上搏斗还是空中搏击，雀鹰都有最佳行动方案，一点也不比那些大个头猛禽差。

雀鹰虽然体型小，甚至小到让人类忽略它们的攻击力，但它们是猛禽中的佼佼者。俗话说“人不可貌相，海水不可斗量”，鸟类也是如此。雀鹰虽小，却能依靠自身优势，成为猛禽中的强者。这提醒人们，要取长补短，不要以貌取人。

测测你的心灵拼图是什么形状

心灵对应性格，每个人的心灵拼图是不同的。想知道你的心灵拼图是什么形状吗？坦诚地面对你的内心吧，根据你内心的第一感受，做出选择。

1. 当早上闹钟响的时候，你会？

A. 立马起床（转第2题）

B. 关掉闹钟，再眯三分钟（转第3题）

2. 你打算出去玩，但临出门时，天突然下雨了，你会？

A. 改变计划，待在家里（转第4题）

B. 带好雨伞再出门（转第5题）

3. 如果你获得了时光机体验机会，你选择？

A. 回到过去（转第4题）

B. 去往未来（转第7题）

4. 你觉得是你依赖身边的人，还是身边的人依赖你？

A. 你依赖身边的人（转第6题）

B. 身边的人依赖你（转第5题）

5. 当考试做多选题的时候，你倾向于？

A. 单选，只选自己觉得最有把握的（转第7题）

B. 多选，选自己觉得有可能正确的（转第6题）

6. 如果你和朋友同时看中了一串手链，但手链只剩一串了，你会？

A. 让给朋友（转答案A）

B. 和朋友猜拳，谁赢了给谁（转答案C）

7. 和朋友出去玩，走错了路，结果意外来到风景很好的地方，你会？

A. 留在原处，正好探索附近的美景和美食（转答案D）

B. 去往原来要去的目的地（转答案B）